조 · 호 · 진 첫시집

우 · 린 · 식 · 구 · 다

갈무리

마이노리티시선 31

우·린·식·구·다

지 은 이 | 조호진
펴 낸 이 | 장민성 조정환
책임운영 | 신은주
편 집 부 | 오정민
영 업 부 | 정연 정성용
펴 낸 곳 | 도서출판 갈무리
등록일 1994. 3. 3. 등록번호 제17-0161호
초판인쇄 | 2009년 5월 20일
초판발행 | 2009년 5월 20일
주   소 | 서울 마포구 서교동 375-13호 성지빌딩 101호
전   화 | 02-325-1485
팩   스 | 02-325-1407
website | http://galmuri.co.kr
e-mail | galmuri@galmuri.co.kr

값 7,000원
ISBN 978-89-6195-011-4 04810/ 978-89-86114-26-3(세트)

*이 도서의 국립중앙도서관 출판시도서목록(CIP)은
 e-CIP 홈페이지(http://www.nl.go.kr/ecip)에서 이용하실 수 있습니다.

조·호·진 첫시집

우·린·식·구·다

시인의 말

20년 지난 낡은 시까지 추려 모아 첫 시집을 펴낸다.

인생이 아름답지 않았으니 시 또한 그러지 않겠는가.

시는 지치고 삶은 깨져버린 아비로 인해 눈물 삼키며

성장의 강을 건너온 내 삶의 동지였던 두 아들아

아비의 죄를 사죄하련다.

아비의 사죄를 받아주렴.

시와 눈물에 속아주면서 돕는 배필이 되어준 아내와

엄마의 뜻에 순순히 따라준 딸에게도 용서 구하련다.

시를 못 쓸 뿐 아니라 진지한 인생이 아니었으면서도

외롭고,

쓸쓸하고,

아픈 척 했던 죄 또한 뉘우치련다.

상한 영혼아!

질그릇 인생아!

다시 시작하자!

이젠 울지 말자!

햇살 따스한 평온의 뜨락에서(tajin.tistory.com)

차례

03 남녘에서 부르는 노래

06 머리 둘 곳조차 없는 그 사내

아득한 밥의 쓰라림 01

손에 대하여

어찌 보면 오함마 같고
어찌 보면 쇠 갈쿠리 같은
두꺼비 등짝 같은 이 흉한 손을 무엇에 쓸까
넥타이도 맬 줄 모르는 못난 손
식구에게 돼지고기 한 근도 못 사다주는 가난한 손
하얀 손에 주눅 들어 쩔쩔매는 겁쟁이 손
때에 절고 기름투성이인
우악스런 이 손을 어디에 쓴단 말인가

손이여,
후렌지에 손등 찍혀 피 적셔진 손이여
우리가 건설했다
거칠고 황량한 들판에
철골을 세우고
굴뚝을 붙박고
파이프를 용접하고 배관하고
그리하여, 기골 장대하게 우뚝 선 저 공장을
우리가 건설했다
그러나 우리는 빈 손

손은 계급이다
손은 무기이고
마침내 평등의 대지를 마련할 연장이며
끝내는 착취와 죽음의 노동을 몰아내고
해방 조국에 꽂을 깃발이다

어찌 보면 오함마 같고
어찌 보면 쇠갈쿠리 같은
이 거친 손으로
서러운 눈물이나 훔쳐서는 안되리
불의의 어둠을 찢어발길
이 뜨거운 주먹으로
허공 향해 종 주먹질이나 해선 안되리
암, 아 되고말고

손이여, 망치를 든 건설의 주인이여
그대가, 이 땅의 마지막 희망이고
이 땅을 결박시킨 모든 끄나풀을
단숨에 끊어버릴 유일한 사랑이다

복귀(復歸)

하늘에 초승달이 떠서
낫날에 찔린 가슴으로 살면서
왜 이렇게 사나 왜 이렇게
부르는 이도 안아주는 가슴도 없건만
돌아가야겠다, 때 절은 공장 길
쭈그러진 얼굴들의 땀 냄새
못난 놈끼리 흉보다 멱살 잡다
깡소주에 돌아버리기도 하는
내 떠나온 곳으로 돌아가야겠다.

가거들랑 기계처럼 일해야지
쓰라린 기름밥 철야 조출밥
이윤의 실 쫙쫙 뽑아내는 누에로
못 견딜 노동에 지친 체력으로
더는 갈 곳도 없는 막 다른 길
화사한 꽃으로 피지도 못한
붉은 깃발로 솟구치지도 못한
생계와 비겁에 찌든 못난 작업복

옛 사랑의 울음 삼키며
복귀하는 무거운 이 발걸음
가더라도 다시는 이제 다시는
못난 놈 비겁한 놈 편 가르지 말아야지
근로기준법 몇 줄 안다고 뻐기지 말아야지
앞서라 뒤에 서라 잰 척도 말아야지
무슨 팔자 피자고 가긴 가랴만
아득한 밥의 쓰라림
엔간치 않은 솟증

깃발과 신념

흔들려서 아름다운 건 깃발뿐이므로
위태로운 밥 한술에도 흔들리고
새끼들의 짠한 눈물에도 흔들린다.
벗들은 목소리를 낮추는 지혜를 익혔고
아파트 평수와 자가용 성능에 관심을 쏟으며
필름 끊어지지 않으려고 기교적으로 술잔 비운다.
가난은 벼슬이 아니므로 호미로 파든
사기쳐 갈퀴로 긁든 돈을 벌어야한다고
돈이 정의이며 의리며 효도라고 못 박는다.
호미도 갈퀴도 없는 노동의 손뿐인 무산계급은
추락하지 않기 위해 고공 철탑에 매달리고
용접 불똥이 튀겨 물집 난 살점에 소주 붓는다.
집 한 칸의 꿈 두둑한 월급을 간절히 원하지만
집 한 칸도 두둑한 월급도 챙길 수 없는 노동자
해방의 노래 끊기고 밟히고 희미해질지라도
흔들리지 않아서 아름다운 건 신념뿐이므로
내 무슨 지조와 신념으로 난을 치랴만
파업의 나팔이 울리면 파업이 될 것이고
가투의 때 되면 우르르 달려갈 것이다.

그 이후

금요일 오후 탱크가 폭발하면서
청년 노동자가 철판과 함께 날아갔다.
죽음의 소식을 접한 작업자들은
볼트를 죄던 스패너를 놓고
안전모를 벗어 던지더니
허망한 듯 담배를 태운다.
노동자들은 며칠 동안
아시바를 타다가 후들후들
후줄근한 땀 등짝 적시고
사자(死者)탑 고공철탑에서
추락하는 꿈에 시달려야 했다.
그렇게 며칠을 보낸 후
죽음이 스쳐간 현장에서
철판을 절단하고 용접하며
수첩에 잔업시간을 적었다.
'보상금 몇 푼 안 된다며. 처자식들 어떻게 살라고.'
'사람 목숨 값이 아니라 완전 개 값이야, 개자식들!'
노동의 최후를 생각하며 그다지 서럽게 울지 않았다.

오, 그들의 노동

낡은 구두 깁지 않는 세상으로 변했다.
늙은 신기료장수는 무릎에 댄 가죽 걷었다
본드냄새 지겹도록 붙이고 꿰매고 못질하던
양화공은 은행 빚을 내 정육점을 차렸고
대폿집에서 소일하던 양복쟁이는
날품 팔러 공사판 노가다로 나섰다.
열 몇 살부터 아현동 농방에서 얻어터지며
자개농 기술 배웠다는 젊은 놈은
쓸모없는 기술 됐다며 당구장을 드나든다.
메뚜기도 한철이라더니
숙련의 한 우물만 파던 고집
헌신짝 취급에 누구도 모른 척 하고
콘베아에 실려 쏟아져 나오는 상품들
대항도 못해보고 패잔병이 된 사내들
변두리 골목어귀에서 술내기 윷놀이를 하고
갑갑증 달래던 삼봉 끝에 멱살잡이를 한다.
얼굴도 녹슬어 저물어가는 인생들
선술집에 모여 허기를 달래다가
가봉하던 핀의 추억을 달래던 양복쟁이

헤진 구두를 깁던 수선공의 이야기는
구시렁구시렁 어둠속으로 사라지는
오, 그대들의 오래된 노동

그들은 노동자가 아니다

그들에게 파업은 협상의 무기였다.
그들에게 파업은 협박의 도구였다.
그들에게 연대투쟁은 거추장스런 짐이었다.
그들에게 노동해방은 플래카드였을 뿐이다.
그들은 노동자이기도 했지만.
비정규직에겐 상전이기도 했다.
자신들의 철 밥그릇을 굳게 믿었기에
비정규직의 피눈물엔 무관심했다.
그들끼리 싸워도 챙길 수 있다는
그들의 투쟁전술은 착각이었다.
자본가와 권력이 양동작전을 개시했다.
고임금을 까면서 선무공작을 강화했다.
뽄때를 보여주자 공안정국을 조성했다.
보수언론이 달려들어 개처럼 물어뜯었다.
대의로 무장된 결사항전이 아니었다.
귀족 노동자들의 떠밀린 파업이었다.
규찰대를 조직하고 머리띠도 묶었다.
파업가를 부르다 눈시울 붉어지기도 했다.
이웃의 손을 제대로 잡아주지 않았지만

동지애는커녕 동료애도 없는 파업이었지만
연대투쟁을 호소하며 가두선전을 폈지만
개나 소나 웃었고 이웃은 대신 등돌렸다.
협상과 협박의 귀재였던 그들은
공권력 투입소식에 우왕좌왕했다.
위원장이 구속되고 출두명령서가 날아들자
비루한 개처럼 슬그머니 꽁무니 뺐다.
혼비백산 흩어진 농성 장소에서는
증권시황표와 낚시 물때표가 발견됐다.

볼트를 죄며

가벼운 詩들이 가볍게 팔림
가벼운 자세로 노상방뇨함
가벼운 노래들이 히트중
가벼운 목숨들이 장수함
가벼운 산모들이 가볍게 출산함

무거운 침묵과
가벼운 생각과의 교신
비겁하라, 비겁해
살 길이 열릴 것이다!

쇠처럼 무거운
무게에 눌려버린 서른 넷
가벼운 솜털로 날지도
철골로 우뚝 서지도 못한
엉거주춤 똥 누는 삶

풀린 것들을 조이고 싶다
가볍게 흘린 땀과 밥

사무침도 없는 그리움
절규도 절창도 아닌 목청
조이고 싶다. 조여
새벽 찬물에 헹구고 싶다

가벼운 꽃과
가벼운 새들과
가벼운 바람이 점령한 나라
가벼운 목숨으로 활보하다
가볍게 죽는 땅
1993년 대한민국
가벼운 자유가
무거운 희망을 살해 중

열아홉 청년

못 먹고 자랐을 것이다.
작고 깡마른 소년 같은 청년
못 배웠으니 공장 갔을 것이다.
목욕탕에서 구두닦이 하다 사라진
앳된 청년 청카바 윗주머니에
손 찌른 채 나타났다.

"어매가 뭐라고 해요. 시커멓게 죽은 손가락보고 엄청 울며
뭐라고 하는데 엥그리고 보는 들판엔 질경이 나생개 질펀하고
요. 꼬막잡이 배 펄밭 뒤집는 바다 위로 갈매기 너울대고 참꽃
허벌 난 백운산 넘어 서울 길 봉께로 눈물 나는 디요. 이장 어
른이 군대 가지 않아서 좋것다고 상심한 어매를 어르고 마을
가시내들 산 몬당에 몰려가 봄바람 결에 재잘거리는디 빙신
되가꼬 왔다고 자꾸 뭐라고 해요. 둠벙에 빠진 봄달은 개구리
합창소리가 시끄럽다고 귀를 막는데 가슴 파고드는 봄바람이
도회지 불빛 그립다고 자꾸 꼬들겨요."

기술 배우겠다고 상경했던 열아홉 청년
프레스에 절단 난 손가락으로 돌아왔다.

목욕탕 구두닦이도 때밀이도 할 수 없는
잘린 손가락의 청년은 서툰 담배 꼬나물며
큰 병원서 봉합수술도 받았고 보상금도 많이 나올 거라며
손가락 자른 서울이 그립다며 소주에 취해 울먹였다.

*겨울 화치

면장갑 쩍쩍 붙는 철판에
석필 긋고 절단작업을 한다.
벌겋게 언 귓불과 작업화 속 언 발가락을
시퍼렇게 불 뿜는 산소 불기로 녹여본다.
도면 놓고 작업순서 계산하던 배관공은
고압선 흔드는 갯바람 소리에 질린 듯
억새밭에 달려가 소변보며 파르르 떤다.
"뭔 놈이 추위가 이리 징하당가!"
"글씨 말이야 사람 잡것네, 잡것어!"
산소 절단기와 용접기 팽개치고는
공장 담벼락에 웅크리고 햇볕 쬔다.
오살나게 추운 이 겨울만 지나면
율촌에 큰 공사가 터진다더라!
봄이 오면 서산으로 갈거나!
일당 센 대불공단 가볼까!
일당 따라 이리저리 떠돌아도
돈푼 모으지 못한 겨울 노동자들
언 입 달싹이며 풍문을 전한다.

*전남 여수산단 안에 위치한 마을로 산단 들어서면서 철거됐다.

28

잔업의 달

담배 비벼 끈 몇은
어둠에 얼굴을 씻고
연장 정리 마친 몇은
축 처져 잠바를 걸친다.
기름때 절은 손가락으로
출근카드 잔업도장 세던
몇은 말없이 고개 숙인다.
보름달은 휘영청 밝았는데
모두들 말없이 밤길 걷는다.
그리운 건 꿈이 아니라
피곤을 묻어줄 잠
추수할 희망도 없는데
겨울이 오고 있다.

섣달그믐

공업사 떠돌던 친구는 밧데리 가게 차렸고
엘란트라 몰고 와 한참을 자랑하던 친구는
제철공장 반장이 됐다며 목을 세워 까분다.
중동 갖다온 친구는 13평 아파트 분양받았다.
시골 공고 졸업한 뒤 공장 밥에 설움도 많고
가방끈 짧다던 구박 잘도 견디더니
이제 밥술깨나 뜨게 됐다며 한숨 쉰다.
빛나던 청춘의 한때도 없었던 친구들
배나온 제철공장 반장은 담배를 끊었고
설비공은 위장 아프다며 소주를 삼간다.
근로소득세 꼬박꼬박 떼이고
재형저축과 국민연금에 희망 걸며
착하디착하게 늙어 갈 것이다.
사기는 못치고 도둑질은 엄두도 못내며
고작 제철공장 반장 되었다고 위세하고
밧데리 가게 주인으로 자리 잡은 친구들이
섣달그믐 길을 휘청휘청 걷는다.
소주 돼지갈비 몇 점에 흥겨워
노래방 몰려가 남행열차를 부르다

잘 살라고 잘 가라고 악수하며
부산으로 광양으로 여수로 떠났다.

누명

끄떡하면 그 소리
걸핏하면 그 모함
할 수만 있다면 공장쯤이야
할 수만 있다면 나라쯤이야
말아 먹고 싶다, 훌훌 말아서
고추장에 온갖 나물 뒤섞은 양푼 밥
우걱우걱 씹으며 붉어진 땀 훔치고 싶다.
그 땅은 원래 우리들의 땅
그 나라는 애초 우리들의 나라
염치 불구할 것도 없으므로
아구 가득 국밥 채워 허기 달래듯
주발 가득한 막걸리 단숨에 들이키듯
공장쯤 나라쯤 벌컥벌컥 마시고 싶다.
잘 말아먹은 밥과 술이 살로 가서
대명천지 화사한 꽃 춤추고 싶건만
말아 먹어야 할 세상
한술도 뜨지 못하고 공매만 맞는 거냐.
말아 먹을 나라 말아 먹지 못한 채
봉두난발로 끌려가며 먼 하늘만 바라보느냐.

개고기가 먹고 싶다

천 삽 만 삽 퍼 올려 비빈 공구리는
옹벽이 되어 비바람 천둥 견뎌내는데
어쩌자고 허기진 내 체력은
억센 작업량에 깨지고 돌아와
링거 꽂은 채 홑이불에 덮여 떠는가.
땡볕 어질어질 노동에 기력 빼앗긴
앙상한 검불로나 드러누워
눈물처럼 뚝뚝 떨어지는 링거액에 가슴 훔치나.
일 못한다고 눈 밖에 나면 끝장이어서
체력 달린다고 그만두라면 끝장이어서
뽑아 팔 피라도 고여 넘친다면
피라도 팔아서 똥개 한 마리 고아먹고 싶었네.
잘 우러난 진국의 개장국 한 그릇 훌훌 마시고
넓적다리 걸신들린 듯 물어뜯으면 핏기 돌련만
세상에 땀 한 방울 보태지 않는 놈들은
사슴피에 뱀탕에 물개 거시기까지 탐낸다는데
핼쑥한 얼굴에 푸르딩딩 한 이내 육신은
병든 수캐마냥 헉헉대며 천장만 보고 있는 것이냐

가리봉, 가투(街鬪)의 추억

서노협 해골 형이 동(動)으로 뜨는 게 어떻겠냐며 동의를 구했고 투계(鬪鷄)를 자처했던 나는 비겁하고 싶지 않았으므로 비장의 검을 품었지. 사나이로 태어나 그런 날이 있었을까? 노동해방의 대의를 품었지만 고작 방 비우라는 집주인의 성화에 시달리면서 대의와 생계가 혼란스러웠던 것은 사실이었지만 황산벌 전투를 앞 둔 계백의 심정으로 잠 못 이루는 밤을 뒤척였네.

레바논처럼 전운이 감돌던 가리봉 오거리.

가리봉시장 일대엔 전경과 백골단, 워키토키를 든 사복경찰이 쫘~악 깔렸고 감옥 같은 공장과 닭장 집을 나서 가리봉을 배회하던 핏기 없는 닭들은 멋모르고 닭장차에 실렸네. 유인물을 뿌리며 구호를 외치던 어린 여공들은 푸드득 푸드득 꽁지를 빼며 다급한 비명을 지르다 가리봉 시장으로 숨어들고 끌려가고…. 고가도로와 오거리에 막힌 차들이 닭들의 몸부림을 구경하는 토요일 오후였네.

갑자기 뱃속에서 분노가 부글부글 끓었네.

가리봉 기습시위는 아랫배에서부터 차질이 빚어지기 시작
했네. 그 순간 그냥 산란계(産卵鷄)이고 싶었네. 필요한 것은
짱돌이나 꽃병이 아니라 화장지였던 난 안절부절하다 골목 변
소에서 대의가 아닌 대변을 보았네. 밑 닦지 않은 자세로 볼
일을 보고 가리봉오거리에 나섰을 땐 가투(街鬪)는 초전 박살
났고 닭장차에 가득 실린 닭들은 알을 생산하러 공장으로 가
지 못하고 남부경찰서로 직행했네.

그때 나는 대변이 마려웠을 뿐이었네.

늙은 양복쟁이

힘 못쓴다 박대하는 젊은 놈들 눈총 맵차더라.

간밤에 무엇했기에 빌빌 싸냐는 반장 타박이 야박하더라.

사모래 시멘트와 자갈 엉키는 땡볕 불볕 공구리 판

쓸리는 파도에 밀려난 모래알 같은 늙은 김씨

반장 눈길 피해 야적장 자갈밭에 쭈그려 앉아

담배 한 대 물고는 신세타령 늘어놓는다.

재단자로 머리통 맞으며 배운 양복기술이

얀정 없는 기성복에 밀려 버림받을 줄이야

날 밤 세워 재봉틀 밟으며 맞춘 양복 펼치면

인생 수 백 수 천리 길 에워쌀 거라고 추억한들

막노동의 하루가 무겁지 않을 리 있겠는가.

양복점 간판 내리고 나선 막노동 길

자식 놈 대학공부에 털리고 집세에 털리고

얼큰한 대포 한잔마실 여유도 없다더니

빈 삽으로 저무는 생애가 서러운지

우북한 자운영 더미 속에 잠들고 싶은 걸까

흰 머리 검은 머리 어둠에 묻히도록

꺾인 허리 불쑥 세우지 못한다.

조태진은 나의 동지였다!

조태진은 오랫동안 나의 동지였다.
노동해방을 부르짖던 80년대의 치열한 전선에서도
패배감에 휩싸여 캄캄하게 무너지던
90년대 삶의 수렁에서도 조태진은 나의 동지였다.

〈오마이뉴스〉 전남 동부지역 책임자로 내 앞에 다시 나타나
조호진이라는 명함을 건넨 뒤에도
나는 여전히 그를 조태진이라는 이름으로 불렀다.
〈오마이뉴스〉에 나를 '꽃편지 시인'으로 불러내어
함께 보낸 순천에서의 몇 해,
굴곡 많은 삶의 길에서 고개 푹 수그리고 멀어져가던
그 사내의 쓸쓸한 뒷모습에 나는 자주 가슴앓이를 했다.

그 사내,
쓸쓸하게 서울로 가더니 가서 닿은 곳이 따뜻한 식구들의 품이었구나.
저문 골목을 돌아나가는 뒷모습도 이제는 쓸쓸하지 않겠다.
나의 동지였던 조태진,
아니 조호진!
함께 걸어온 길 위의 시절을 엮어 묶어내는 이 시집이 첫 시집이라니….
이제 내가 그를 동지라고 불러주지 않아도 되겠다.
무슨 상관인가?
남편이라고,
아버지라고 불러주는 식구들이 있으니 말이다.

– **김해화** 시인(일과시동인/철근노동자)

입석 혹은 불화 02

공장, 차장, 자장면, 소년원을 위하여

하꼬방 지붕 위 루핑이 가난보다 더 서럽게 떨면 연탄은 떨어져 방바닥은 얼음장이 됐고, 아비가 새끼줄 낱장 연탄을 들고 귀가하기도 전에 배급 밀가루마저 바닥났다. 호롱불 그을음보다 더 검은 어둠이 내리면 신문 벽지 바른 흙벽 틈새로 송곳 삭풍이 파고들고, 솜이불 밖으로 모가지를 내밀면 새하얀 입김이 온 몸을 얼어붙게 하는 엄동(嚴冬)이었다.

새마을 취로사업에 나선 동민들이 웅크린 어깨로 언 땅에 삽질하면 공동펌프도 시래기도 얼고, 볏짚에 불 지르던 아이들은 얼어 죽은 새와 쥐들의 시체에 침을 뱉고, 전선줄이 북풍에 비명 지르면 동사한 걸인 노인을 덮은 가마니가 가만히 곡(哭)을 하고, 황천길 노잣돈 하라고 누군가 던진 동전도 얼고….

겨울이 온다. 가출한 어미들은 여전히 밤 봇짐을 싸고 술 취한 아비들은 또 다시 술 취해 휘청거리는 엄동의 겨울이 온다. 보름달 떠오르면 오목교 뚝방을 허위허위 걸으며 '고향 갈란다, 고향 갈란다' '오마니 오마니…' 부르던 술 취한 홀아비, 보름달을 따라 '평안남도 대동군 용연면 천리' 북녘 고향을 간다던 아비가 끝내 귀향하지 못하던 그해 여름, 행려병자 백천(白川) 조씨는 극빈자(極貧者)로 영등포시립병원 영안실에 누웠다.

어미들은 왜 밤도망을 갔을까? 무슨 부귀영화 누리려고 자식새끼 버렸겠냐만 지겨운 가난과 주먹질 견딜 수 없어 밤 봇짐을 쌌다고 했다. 돈 벌어 돌아온다던 어미는 수 년 동안 소식도 없더니 어느 날 학용품과 옷가지 담긴, 발신 주소도 없는 소포가 배달됐다. 동네 여자들은 '집 나간 피산이네 엄마 부산서 식모살이 한다더라!' '여관 조바 한다더라!' '전라도 어디선가 술집 한다더라!' 수군거렸다.

뚝방 양지에 기댄 소년들은 송곳 같은 고드름을 깨물었다. 끝내 허기지고 허기져서 칼날 같은 눈빛을 품고 문래동, 고척동, 구로공단 일대를 기웃거리다 공장 철조망을 뚫었다. 운 좋은 날은 신쭈, 구리, 고철 덩어리 훔쳐 고물상에 팔아 자장면도 사먹고 용돈도 꼬불쳤지만 재수 나쁜 날은 공원들에게 붙잡혀 시퍼렇게 두들겨 맞았다.

새마을 고등공민학교 중퇴한 형은 구로공단 공돌이가 됐고, 공순이 생활 지긋하던 동네 누나들은 차장이 됐고 더러는 술집으로 돈 벌러 갔다. 야전전축 챙겨 들고 안양천 갈대숲으로 몰려간 동네 형들은 상하이 트위스트를 추다 소주 병나발 들이키며 깨진 병으로 팔목을 긋기도 하고 가난에 깨지지 않겠다며 패싸움을 벌이다 더러는 소년원으로 가고, 더러는 영등포 역전에서 구두닦이를 했다.

엄동설한에 철거반이 기습하면 뚝방 동네는 비상 걸렸고, 망치부대들이 해머로 흙벽을 까고 때 묻은 냄비를 발로 걷어차며 하꼬방을 부수면 투석전을 벌였다. '야이, 개새끼들아 우리 집 부수지 마!' 눈물 훔치며 투석으로 대응했지만 짱돌로는 집을 지킬 수 없었으므로 부서진 집 더미에 움막을 지었다. 밀가루 배급하던 동사무소 직원이 '법을 어기면 안 된다'고 일장 연설할 때 '그럼 얼어 뒈지란 말이야!' 야유를 퍼부으며 감자를 먹이던 소년들은 더 부서지지 않기 위해 주먹을 쥐고 불깡통을 돌리며 깽판을 죽이다 검은 안양천으로 흘렀다.

이 지상의 집 한 칸

새라면 아아 쫓겨나지 않는 새라면
해거름 속으로 평화롭게 귀가하는
새처럼 아, 날 수 없는 가난 때문에
꽃이라면 아, 뽑히지 않는 꽃이라면
사방 천지 들녘에 억세게 뿌리 내린
들꽃처럼 아, 피어날 수 없는 가난 때문에
문패도 번지도 없는 주소불명의 세대주여
강제집행 통지서 받아든 불법 거주자여
이 지상의 집 한 칸
지고 갈 수도 없는 집 한 칸이 없어
잠든 자식 머리맡에서 시로 우는 아비여

천식

둘째 새끼야 어미 가슴이 아프다.
경방공장에서 얻은 병이 도지는구나.
찬마루 바닥에서 너를 홀로 낳았는데
탯줄 목에 걸린 너는 핏덩이로 새파랗게 질렸는데
명줄 길어 용케 살아나서는 시 쓰는 어질병에 걸려
어미 숨통에 불을 놓는 구나 천불을 놓는구나.

아비는 투전에 미쳐 목계장터로 가고
강 건너 모래톱 홍수 넘치던 그해 여름
배꽃 같은 언니 잡아먹은 선창 앞 강물
왜 그다지도 시퍼렇게 흐르던지
늙은 올케 구박에 눈물도 허기져
구운몽 읽자던 책보는 아궁이에서 타고
제천 가는 길 원주 가는 길
참깨 훔쳐 달아나던 밤이 있었다.

카바이드 불빛 어둠 발라 먹던 영등포 역전
팔리지 않은 오꼬시 다라니 옆에서 난장 꿀리던
어미의 고단한 잠을 깨운 것은 노점 단속반이었다.

좌판 걷어차는 구둣발 포대기에 업힌 너는 자지러지고
길바닥에 뒹굴던 오꼬시 비명 지르다가 엎어지고
야! 이 새끼야 네놈이 뭔데 내 새끼 울려 이 개새끼야
단속반 멱살 잡고 뒹굴다 사나흘 구류 먹었다만
안 살란다, 피멍든 객지밥 38따라지 서방 매질에
잠든 새끼 머리맡에 눈물의 밥상 차리고 달아난 부산행
금창여관 조바로 적량 앞바다 함바집 주모로 휘파리 골목으로
전라도 가파른 타관살이 바튼 숨에 치여 헐떡이는데
울 어미 시름 앓다 죽은 병이 이 병일까
석삼년 자리에 누웠다가 일어섰다가
마른 젖가슴 짓 뜯다 숨 끊게 한 병이

나의 교복 나의 학교

교과서가 눈물 젖은 빵이었다면
추운 몸 감싸주는 옷이었다면
영등포에서 껌을 팔았을까요.
신문 팔고 구두 찍다가 들켜
문제 학생으로 찍혔을까요.

우리나라 학교 담장은 왜
부잣집 담장만큼 높을까요.
육성회비 쪼는 학교가 싫어도
희망을 가져야 한다던 선생님은
왜 복도로 내쫓았을까요.
무릎 꿇려 두 팔 든 희망은
나팔꽃으로 피지 못하고
수업 도중 교문 밖으로
쫓겨나서면서 주먹 쥐었을까요.

옥수수 빵을 얻기 위해
교실 청소를 자청했지요.
풍금을 닦고 창틀을 털면

배급되는 빵의 달콤함
노동 없이는 빵 없다는
노동의 진리를 배웠으므로
교문 밖으로 교문 밖으로

공부 못하는 놈 공장 간다던
선생님의 훈육처럼 매질처럼
나의 교복은 작업복입니다
나의 학교는 공장입니다.

입석

추운 밤을 버티기 위해선 꿈이 필요했다.
모포 한 장도 라면 한 냄비도 못되는 꿈
공장 기숙사 외풍에 떨면서도 꿈을 꿨다.
꿈보다 더 그리운 건 계집의 살이었다.
어떤 계집이 공돌이에게 아랫도리 내릴까.
납땜 연기에 코피 흘리고 쇳가루 마시며 번 돈으로
청량리에 갔더니 공돌이 괄시 않고 다 벗어주시더라
동대문 골목길 삼류극장에서 휴일을 땜질하면서도
꿈이나 갉아먹는 밀링공 선반공은 되지 말자.
용접 불빛에 아다리 돼 소주에 씻다가 징징 울지말자.
때 묻은 작업복 벗어던지고 꿈을 죽이는 공장을 떠났다.
정체 모를 꿈의 휘몰이, 못 이룰 꿈의 속세를 등지자
용산행 완행열차에 실려 가야산 해인사를 찾았다만
반야심경도 못 외운 채 행자노릇 때려치우고 하산했다.

　어딘들 못 가랴 뱃놈이나 되자 돌산 임포, 그 광포의 바다에
서 찢긴 꿈의 살점을 발라 회를 치고 소주에 취해 뱃놈들과 멱
살잡이했다.

　못견딜 바다의 광폭한 바람에 쫓겨 임포 첫차에 실려서 다
시 달아났다.

춥고 추운 잠자리 춥디추운 꿈의 추운 노래 추운 춤을 추면서
산으로 바다로 쏘다니다 프레스공으로 가리봉 거리를 떠돈다.
철야 마친 새벽 소주에 세상 돌지라도 달아나지 않으리.
좌석도 내어주지 않는 입석의 세상과 화해하지 못하리.

라면을 끓이며

3개월 실직수당마저 끊긴 날
새끼에게 라면을 끓여 먹이면서
잘린 목이 잘리지 않은 듯
어린 눈망울 바라보다가
목 잘릴 때보다 더 목메어
눈물면으로 허기를 채웠다.

아비의 목이 잘리면
새끼들의 목도 잘리고
새끼들의 목마저 잘리면
다음엔 그 무엇이 잘릴까?

노동의 아비가 실직의 아비로
밥의 아비가 라면의 아비로
집 없는 아비가 길거리 아비로
절망의 아비가 벼랑의 아비로

생계의 벼랑에 내몰린
아비는 어디로 가야하나

구인도 구직도 없는
실직의 시대를 걸어가는
목 없는 아비여

무서운 희망

1.

워매 워매, 짠한 것
저 어린 것들을 버리다니
천벌 받은 짓이야, 천벌 받을….
지어미에게 버림 받은 아이들 짠하다고
천 원짜리 지전 두 어장 쥐어주고 갔는데
일곱 살 막내 놈이 지전 슬그머니 내밀면서
"아부지, 아부지, 이 돈으로 빚 갚으세요!"

아들아, 살자 살아서 죽기 전에 빚 갚자.

2.

배고픈 것보다
집 없는 설움보다
더 무서운 빚에 쫓기는
홀아비와 두 아들이 손잡고

명도소송 걸린 12평 영구임대 아파트에
찬 없는 밥 먹으러 허기 참으며 걷는데
길가 와상에서 또래 아이들이 수박을 먹는다.
붉은 속살 베면서 과즙 줄줄 흘리며 먹는다.
큰 놈이 힐긋힐긋 뒤돌아보며 발 엉키면서 꿀꺽꿀꺽
빚쟁이 아비 듣지 말라고 작은 소리로 신음처럼 토하는데
'나도 언젠가는 수박을 먹을 거야, 아부지도 사줄 테야!'

아들아, 눈물 갈고 갈아서 허기를 끊어버리자.

3.

분수구공 관리소장 찾아와
한 달 기한 줄 테니 집 비우란다.
한 달 뒤엔 강제집행 할 테니 알아서 하란다.
*여우도 굴이 있고 공중의 새도 쉴 집이 있는데
홀아비는 자식 둘 데리고 몸 피할 곳이 없다.
시퍼런 달이 문수저수지에 빠져 허우적댄다.

싼 월세방 나왔다고 해서 큰놈 데리고 갔다.
허름한 집주인 수사관처럼 묻더니
홀아비에겐 집 줄 수 없다 한다.
밤길 벼랑길 헛디뎌 허청허청 걷는데
'그 집은 하나님 뜻이 아닌가 봐요. 울지 마세요!'

아들아, 네가 아비다. 그래 하늘이 세 목숨 버리랴.

*누가복음 9장58절

그해 겨울

처마 밑에 쪼그린 가난은 대낮 햇살에도 언 채로 발 동동 굴렀다. 황태처럼 마른 살림에 거미줄만 휑뎅그렁하고 오호츠크 해(海) 북동풍이 엄습하면 빈 밥그릇들은 울 힘조차도 없었다.

익사체처럼 불어나는 연체이자에 목숨 조이는 단수단전 통보서…. 가난에 난자당한 아내는 끝내 가출하고 실직자 아비는 다섯 살배기 딸을 보육원에 맡기고 돌아와 불어터진 라면을 먹었다. 새벽 용역시장에서 공치고 돌아와 딸의 사진을 물끄러미 바라보다 눈물 훔쳤다.

귀퉁이에 동그마니 앉은 다섯 살 아이는 "아빠 보고 싶지 않느냐!"는 기자의 질문에 한사코 고개 젓다가 끝내 울음을 터트렸다. 그해 겨울이 지나 봄이 왔지만 어미는 깜깜 무소식이고, 돈 벌면 띨을 데러가겠다는 아비의 약속은 지켜지지 않았다.

영등포의 밤

누이들이 길가 유리창에 진열된
영등포 경방 골목은 나의 출생지다.
어린 소년들은 자장면을 배달하고
청년들은 마찌꼬바에서 철봉을 깎았다.
솜씨 빠른 놈은 역전에서 뚜룩질하고
현역에서 물러난 늙은 년은 호객질한다.

하룻밤 쉬었다 가세요! 끝내줘요,
기똥찬 영계가 있어요! 쉈다가요,
야~이 씹도 못할 놈아 어딜 가!
꿈꾸지 말라 지상의 꿈은 끝났다
예수쟁이들이 선전선동에 혈안이지만
야! 웃기지마 서울의 꿈이 망하진 않아
야바위꾼들은 바람 잡아 호주머니 털고
털린 놈은 강도짓을 할까 뻑치기를 할까
희망을 채우기 위해 서울의 목울대를 찔러도
피 한 방울 눈물 한 방울도 흘리지 않는다.

인천행 막차 끊긴 영등포에 눈이 내려
길 잃은 꿈들은 눈발에 묻혀 얼어 죽고
길 잃은 희망들이 서울의 눈물을 토하는
나의 출생지 영등포는 고향이 아니다.

서대문 야곡

사랑은 어차피
기다려도 오지 않고
기다리지 않아도 오지 않는다.

칼에 찔린 사내와 여자들
서대문 우체국 뒷골목 노래방에서
밤새 옛 사랑을 불렀지만
사랑은커녕 카드만 끊겼다.

별 수 없는 일
분을 품으면 죽는다.
별도리 없는 일
잠잠(潛潛)하자.

고시원

습관적으로 TV를 켠다.
적막 달래는 유일한 친구다.
옆방에서 똑똑 두드린다.
'당신 혼자 살아!'
소리 줄이라는 신호다.
1.5평, 중죄 짓지 않았는데
쭉 뻗고 잘 수 없는 독방이다.
웅크린 채 쪼그리고 잠드는데
망망대해 표류하는 것 같다.

맹인 김씨의 하모니카

예순 한 살 늙은 거리악사
맹인 김씨 하모니카 분다.
동전그릇 짤랑거리면 신나게 불고
동전그릇 휑뎅그렁하면 한숨 쉰다.
일가친척들이 체면 깎지 말고
고향 떠나라 해서 고향 떠났다.
거리악사 동료들 구역침범 말고
다른 구역으로 가라고 떠밀어서
순천 중앙시장 다리에 섰다.
첫 아내 잃고 쫓겨난 타관객지
힘겹고 외로워 하모니카 불고
먹고 살려고 하모니카 불다가
도시락 싸주는 아내 만났다.
거리악사 생활 6년째
눈 먼 슬픔의 거리에서
오늘 하루 번 돈은 12500원
흰 지팡이로 찬송가 두드리며
눈 먼 아내 오롯이 기다리는
여수행 밤차 타고 귀가한다.

상처난 것들의 향기

빛나고 반듯한 것들은
모두 팔려가고
상처 난 것들만 남아 뒹구는
파장 난 시장 귀퉁이 과일 좌판
못다 판 것들 한 움큼 쌓아놓고
짓물러진 과일처럼 웅크린 노점상
잔업에 지쳐 늦은 밤차 타고 귀가하다
추위에 지친 늙은 노점상을 만났네.
상한 것들이 상한 것들을 만나면
정겹기도 하고 속이 상하는 것
"아저씨 이거 얼마예요!"
"떨이로 몽땅 가져가시오!"
떨이로 한아름 싸준 과일들
남 같지 않은 것들 안고 돌아와
짓물러져 상한 몸 도려내니
과즙 흘리며 흩뿌리는 진한 향기
꼭 내 같아서 식구들 같아서
한 입 베어 물다 울컥거렸네.

그대의 노래는 참으로 행복하구나!

　조호진 시인을 처음 본 느낌은 지독히도 가난한 어린 시절을 지나온, 철저히 헝그리 정신으로 무장된 사람이었다. 이 사람은 좀 있는 자의 위선 앞에서는 즉시 투사가 되고 쥐뿔도 없는 사람의 선한 눈빛을 보면 바로 품 따스한 엄마가 된다. 이 땅에서 떵떵거리고 거들먹거리고자 치면 돈도 좀 만져볼라면 줄을 잘서야 할 텐데 저 따위 식으로 삶의 줄을 대니 저 인생도 대체로 가난할 것이다!

　이것이 내 예상이었다.
　평생 가난해도 행복할까?
　당시 누구에게도 꿀릴 것(?)없이 가난했던 나도,
　덩달아 내심 아주 쬐끔 우리 앞날마저 걱정이 되고….

　실제로 이변이 일어나지 않는 한 그의 삶은 내 예상대로 흘러갈 것처럼 보였다. 그런데 어느 날 이변이 시작되었고 나는 그것을 옆에서 지켜보게 되었다.

　40대에 겨우겨우 마련한 산골 작은 집에서 늙으신 엄마 모시고, 예쁜 부인과 아이 둘, 다섯 식구가 복작거리며 사는 것을 보면 누구나 소박한 행복은 저런 것이라고 말했을 것이다. 섬진강변 아주 작은 학교, 전교생도 몇 안 되는 초등학교에 다니는 그의 아들 둘, 그 두 아들이 오늘 학교에서 있었던 일이나 경험 등의 평범하고 그저 그렇고 그런, 쉽게 말해서 시시껄렁한 이야기 등을 해주면 그는 두 아들이 아주 대견하다는 듯 입은 귓가에까지 벌어지고, 혼자 좋아서 아들 둘을 껴안고 "잘했어!, 좋았어!"등의 말을 하며 마구마구 행복에 겨워 하다가 결국에는 옆에 있는 나에게까지 동의를 구한다.

"형! 저는 정말 행복한 거죠?"
나도 잽싸게 최대한 행복한 척 하며
"그럼! 그렇고말고!!!" 얼른 맞장구친다.
그의 눈빛을 보면 달리 말할 재주가 없다.

그런 식의 행복을 만끽하던 그가 청천벽력! 어느 날 갑자기 이혼을 했
단다. 그야말로 풍비박산! 졸지에 집도 없는 무일푼 신세가 되었다. 아이
들과 함께 살 길을 백방으로 찾다가 서울로 올라가야 할 것 같다고 하면
서 작별인사차 우리 집에 왔다. 가슴이 먹먹해져서 무슨 대화를 나누었
는지도 모르겠고, 그저 '어쩌나? 어떡하나?' 하며 앞날에 대한 걱정으로
말을 잇지 못했다.

서울로 떠나는 뒷모습을 보며
'소박하고 착한 사람들에게 왜 이런 시련이 주어질까?' 하는 질문을 스
스로 해보았다. 옆에서 착잡한 마음으로 생각을 해보던 집사람이 조심스
럽게 이렇게 말한다.

"호진아우는 앞으로 잘 될꺼야! 너무 걱정하지마!"

나는 너무나 반갑고 놀라운 말이라 "왜?" 하고 물었다. 평소에도 집사
람의 예상은 거의 백발백중 신통방통이라, 시간이 지나고 나면 늘 감탄
하던 나였기에, 그 말은 그야말로 어둠 속에 번쩍! 한줄기 서광을 본 듯
하였다. 집사람은 나직하고 침착한 말로 이렇게 말했다.

"지금 보통사람 같으면 입에 원망과 비난이 가득해도 시원치 않을 판

인데 저 사람에겐 그런 나쁜 말이 없어! 오직 자식들이 상처를 받을까봐 그것만을 염려하고 있어! 또 끝까지 자식들을 책임지려는 마음일 뿐, 전혀 짐으로 생각지 않고 있어. 하늘은 저런 사람에게 행복을 줄꺼야! 앞으로 반드시 잘 될꺼야!"

아! 나는 또 감탄했다.

제발 그렇게 되기를, 선한 영혼들이 행복해지기를….

그리고 몇 년이 흘렀다. 서울생활에서도 깨지고 상처받은 사람들 속으로만 들어가던 그가, 약하고 지친사람들의 슬픔을 외면하는 것이 아니라, 스스로 자신의 것으로 삼던 그가, 그러나 결국은 삶의 아름다움을 노래하는 시인으로 살고 싶어 하던 그가, 이제 첫 시집을 낸 단다! 그동안 서로를 이해하고 격려하고 함께 하는 든든한 짝을 만났다. 이해심 깊은 따스한 반려자를 만나 아이들도 웃음을 되찾고 많이 안정된 듯하다.

역시 집사람의 예상은 너무나 신통방통했다! 다시 인생의 행복을 맛보게 해준 그 짝꿍에게, 만나보면 밝고 유쾌해지는 그 사람에게, 송아지만한 자식 둘 딸린 가난뿐인 시인의 어떤 점이 마음에 들었냐고 물었더니 이렇게 대답했다.

"아이들에게 끝까지 아버지의 책임을 다하는 모습을 보고…."

아! 나는 또 감탄 감동했다. 확실히 여자가 남자보다 진화가 더 된 생명체인 게 분명하다! 가슴을 활짝 열어 자신을 받아준 짝꿍에게 남은 인생 충성을 다 할 것을, 나는 물어보지도 않았는데 그는 볼 때 마다 거듭거듭 다짐한다.

거친 세파 헤치며 울퉁불퉁한 삶의 고갯길을 힘겹게 지나온 시인이여!

그대 삶 속에서 우러난 정직한 고백과 기록들은 진실함 속에서 행복을 찾는 이들의 즐겨찾기가 되리라! 그 굽이굽이 묵묵히 흘린 눈물로 인하여, 지금 그대의 노래는 참으로 행복하구나!

그 행복은 진실된 것이어서, 지금 이 순간 함께 하는 우리도 행복하구나!

- 2009 봄날, 지리산에서 **한치영**(생태가수)

남녘에서 부르는 노래 03

서른여덟의 시

목숨보다 더 뜨거울 것처럼 길길이 뛰다
비루먹은 개처럼 꽁무니 빼는 詩
원숭이 똥구멍보다 더 새빨간 거짓말 詩
비겁과 거짓으로 뻔뻔해진 詩
도마에 올려진 동태 대가리 날리듯
한칼로 쳐 날려 끊지 못하네.
저자바닥에 다라니 양은그릇
손톱 갈라진 돌산 할매 꼬막 바지락 까듯
갈치 몸뚱이 토막내는 동산동 어멈처럼
아침 해장술에 불콰해진 장바닥 술꾼처럼
서른여덟의 좌판에 놓인 시를 까발려 보고
토막도 내어보고 헝클어도 봤지만
어, 어, 없네 삶도 목숨도 없네
머리 숲 젖가슴까지 비린내에 절어버린
흥정 끝에 이년 저년 머리칼 잡고 뒹구는
그네들의 밥과 눈물과 술이 없고
잔재주에 어설픈 객기만 나뒹구네.
장바닥 어슬렁거리며 자릿세 뜯는 건달처럼
그네들의 삶을 이리 저리 뜯어 부쳐서

슬픔의 분을 바르고 거짓 눈물을 흘렸구나.
만선은커녕 흉어기로 텅 비어버린
개 한 마리 얼씬거리지 않던
서른여덟의 파시된 항구여.

시인은 비겁하다

순천만 갈대들이 속삭인다.
'시인은 겁쟁이다'

갈대숲 도요새가 맞장구친다.
'맞다, 시인은 겁쟁이다'

섬진강 물줄기가 수군거린다.
'시인은 비겁하다'

망덕 포구의 달도 끄덕인다.
'맞다, 시인은 비겁하다'

비루한 시대의 뒷골목에서
숨어, 시를 쓰는 시인들아
모여, 술이나 치는 시인들아

청송녹죽(靑松綠竹)
가슴에 꽂히는
시인의 노래가 그립다.

오동도 동백

백운산 지리산 골짝
설한풍 들이닥친다.
몰려온다, 토벌대다.
초토화다, 몰살이다.
백산(白山) 백산(白山)
혼비백산(魂飛白山)
찌까다비 벗겨진 채
맨발로 맨발로 달아난
살도 피도 없는 해풍이
오동도 시누대 선동하며
투쟁의 붉은 깃발 든다.
오매 환장 하겠는 거
오매 가슴 뜨거운 거
못 다한 순정의 넋 핀다.
못 다 부른 노래 넝군다.

섬진강 이야기

섬진강 모래와 아이들과 추억과 사랑도 팔고
운동도 환경도 팔고 마을의 정자나무도 팔고
보수에도 걸치고 진보에도 슬쩍 양다리 걸쳐서
명예도 얻고 호사도 누리는 시인이여 행복한가!

매국? 애국? 그건 이미 다쓰시로 시즈오가 검증했잖아!
친일? 그건 흠결이야, 미당은 언어의 요술사 뮤즈라니까!
5·16 민족상에 금관문화훈장 추서까지 정부가 공인했잖아!
시도 못쓰는 것들이 꼭 시비야 후보작에만 올라도 영광이야!
변절이냐? 정절이냐? 한물 간 헛소리 말라고, 솔직히 말해서
일간지가 일루 왓! 하면 안 달려갈 놈이 어디 있냐 말이야
정말로 중요한 건 문화부 기자와 친분이 있느냐 없느냐
진짜 더 중요한 건 대중의 인기와 팬들의 호응이라니까
진정성과 작가정신? 시방, 개뼈다귀 핥는 소리하고 있네.

미아리 장안동 매매춘은 가끔 단속이라도 되지만
장물 팔다가 재수없이 잡히면 신세라도 조지지만
시인의 매명(賣名)은 단속 검거는커녕 몸값만 불린다네.
흥행에 성공해서 떼돈 벌어도 강물과 소나무와

역사와 눈물과 사랑이랑 인세 쪼개지 않아도
섬진강은 소송이나 농성도 하지 않는다네.
그리하여 푸른 젖가슴 보타버린 강물과 나무는
'이웃도 형제도 팍팍한데 언놈은 팔자 펴서 좋것다!'
한숨 쉬면서 씨벌씨벌 투덜대면서 묵묵히 흐른다네.

빈 들녘에서

일하는 것
싸우는 것
노래하는 것
아, 그랬습니다.
나를 해치는 것은
조급함이었습니다.

시작(詩作) 노트

술이 아프오. 목이 타거든 독한 차를 마시리다.
레닌을 쓰러뜨린 건 제국주의자가 아니라 볼셰비키
보드카에 취한 러시아는 내전이 한참이고
마오쩌둥의 후예들은 돈독에 올랐다지요.
차를 주시오. 나의 간은 조금씩 굳어가오.
사회주의자들은 0.97평 독방에 살고
나는 14평 전세 아파트에 살고 있소.
아아 운다고 옛사랑이 오겠소만
그대와 나누던 술과 춤과 노래의 밤
무너진 사랑탑에 잡초만 우거져도
아침이 밝아오면 공장에 가야하오.
일당으로 술을 나누고 차를 마시는
평화의 밤을 살 수 없으므로
이 세상과 동침하지 못할 것이오.
흔늘리는 입석 기차를 타고 나는 가오.
인생은 쓸쓸한 것이라고 말해도 좋소.
그대가 남겨준 사랑의 열병에 괴로웠으나
가는 겨울을 보내고 오는 겨울을 기다리듯
기다리겠소, 좋은 세상과 나눌 한 잔의 차.

동백꽃 편지

밤이 되면 기침이 목젖과 가슴까지 후벼파네. 뼈까지 아프게 하는 지독한 이 놈, 보름 넘도록 달라붙어 떠날 기미를 보이지 않는 이 놈. 그러므로 그 무엇이 됐든 등을 노리지 않는 것들은 쫓아 보내지 않기로 했네.

외상보다 내상이 치명적이라는 것, 그리 몸살 앓고 치유되었으면 좋으련만 편도가 붓다 못해 헐었네. 신열 앓던 혼곤한 밤, 혼미한 정신을 깨워보니 새벽녘이었네. 창문 열었더니 겨울 섬진강이 "쿨 · 럭 · 쿨 · 럭" 밭은기침 소리를 내며 가래 한 움큼 뱉었네.

감기는 치료약 없는 전염병이라지 아마. 사람 모이는 곳에 가지 말라는데 참 야박한 처방이네. 순정은 그리도 감염되지 않더니 눈 한번 마주친 적 없는 바이러스는 착 엥기네. 연정 없이도 살 잘 섞는 매춘의 지상에서 까짓 바이러스쯤이야, 통성명도 없이 함께 겨울을 나기로 했네.

겨울에도 꽃은 필까? 붉게 피어 혼절의 그리움으로 춤출 수 있을까? 남녘에서 더 남녘으로 달아났네. 해풍(海風)이 목젖

간질이는 겨울바다에 닿았네. 흰 눈 그리운데 눈은 내리지 않고 흰 것이라고는 갈매기뿐이었네. 그 놈의 "끼·륵·끼·륵" 기침소리나 "쿨·럭·쿨·럭" 내 기침소리나.

겨울 오동도는 반란 중이었네. 시누대와 해안 절벽이 절묘한 숲 속에는 팽나무와 후박나무, 참식나무들이 해풍을 품고 뒹굴고 있었고, 가차운 발치 동백(冬柏) 숲에서는 붉은 무리들이 떼지어 통정하고 있었던 거야.

"어머, 저 것 좀 봐, 저 것들… 도대체 무슨 짓들을 하는 거야. 저 붉은 짓들 말이야…."

한 잎, 두 잎, 세 잎…. 셀 수 없는 동백(冬柏)의 쓰러짐. 포복한 채 구시렁구시렁 거리다가 이내 목청 돋우는 붉은 것들의 성토(聲討). 쓰러진 것들로 인해 일어선 땅에서, 붉은 강으로 흘렀던 반란의 남도에서 붉게 피지 않으면 그 무엇이 피어야 한단 말인가.

쓰러진 것들 곁에 누웠네. 동백의 가슴팍에는 샛노란 꽃술이 도드라졌네. 아이 참, 모가지가 떨어져도 저렇게 장렬하게 산화하고 말았으니, 백산(白山), 백산(白山), 인해백산(人海白山)으로 떼지어 궐기했던 사내들의 순정이 오살나도록 붉었을 것이네.

동백은 왜 남녘에서만 피는지, 그리움들은 왜 남녘으로 몰려와 반란을 일으키는지 알겠는가. 지지리도 못난 꽃들이 선도해야 붉은 깃발 휘날리는 봄이 오는 것을, 붉은 꽃들이 산산골골 몰려다니며 위령제를 지내는 이유를 알겠는가. 그러므로 견딜 수 없이 춥고 외롭거든 봄 산천 올 때까지 동봉한 동백의 속살 잘 보듬고 지내시게.

봄, 산고(産苦) 중

봄눈 사나흘 몰아쳤다.
금둔사(金芚寺) 홍매화
꽃샘추위에 꽃잎 감추었다.
선암사(仙巖寺) 돌담 지붕에
내려앉은 새 한 마리
참선하는지 고요하다.
목탁소리 경청하는 봄눈
깨달음 얻으려는지
바람결에도 묵묵부답이다.
입춘(立春), 임박했는데도
대길(大吉), 낌새조차 없다.
남녘, 산고(産苦) 끝에
봄, 해산(解産) 할 모양이다.

눈 내린 날, 섬진강 편지

여기는 흐르는 강 눈 내리는 섬진강.

눈이 내려서야 사람의 소리가 모락모락 피어납니다. 하얀 백운산은 몹시 기쁜지 산수화 풍경으로 고요합니다. 눈은 소리를 삼키는 법, 서러운 소리도, 가슴 아픈 통증도, 아귀다툼의 발악도 삼켜서 마침내 고요의 나라가 도래했습니다.

눈의 나라에 평민이 되고 싶습니다. 목이 뻣뻣한 고관대작은 추방된 나라, 높아질수록 몸을 숙이는 겸손의 나라에 살고 싶습니다. 사람 목숨을 죽이고 살리는 자본의 횡포, 노동의 땀을 집어삼키면서 생사여탈권을 쥔 자본이 빙판 길에 미끄러져 넘어졌으면 좋겠습니다.

구원의 눈송이가 되면 좋겠습니다. 아득한 빚더미, 날아오는 체납고지서 · 독촉장 · 가압류에 시달리다 농약을 든 손목을 정통에 맞히는 눈뭉치가 됐으면, 벼랑 끝 생명 끊으러 가는 길 넘어뜨리는 빙판이 됐으면, 죽음과 마주하려는 그네들에게 다가가 '살다보면 옛말 할 날 온다!' 호소하고 호통치며 그네들 일으키는 눈사람이 되면 좋겠습니다.

연탄도 석유도 가스도 끊긴 가난한 살림에 온기를 불어넣는 장작불이 됐으면, 집 나간 아비어미를 그리다 잠든 아이의 품이 됐으면, 공공근로도 끊기고 기초생활비 수급권에도 밀려난 식구의 고봉밥이 됐으면, 빚쟁이 드잡이 아수라판 살림에 망연자실 헝클어진 머리카락 빗어주는 얼레빗이 됐으면…. 고통스런 이런 것들이 햇살에 눈 녹듯이 녹아서 흔적도 없이 사라졌다는 해방의 공고문이었으면 좋겠습니다.

섬진강에 눈 내려서 길 끊긴 날, 끊어질 것들은 끊어지지 않고 이어질 것들만 끊겼지만 마음 고쳐먹었으면 좋겠습니다. 힘겹고 고통스러워도 살아야 한다고 펑펑 쏟아 붓는 저 눈송이처럼 끊임없이 땅을 안고 살면 우리네 살림에도 봄 햇살의 따스한 날 온다는 믿음으로 살아가면 좋겠습니다.

쏘다니던 봄

1.

반란은 도처에서 시작됐다.
꽃잎들은 선전선동 중이다.
바람 궐기시키며 오는 봄
남녘은 늘 선도적이었다.
꽃 피는 것도 반역이라면
각오하겠다, 꽃 산천 남녘.

2.

순천 낙안면 금둔사에
홍매화 피었는데도
스님들 새벽 예불에 곤했는지
발걸음 떼는 인기척도 없어
화장실 어디냐고 묻지 못했다.
오줌 마려운 강아지처럼 낑낑대다
봄 푸른 대숲에서 볼일 자~알 봤다.

3.

매화(梅花)를
매화꽃이라 불렀다가
혼났다, 혼쭐났다.
꽃 자 붙이지 않아도
이미 꽃이라고 했다.
맞다 맞아!

4.

철근쟁이 해화형 꽃에 미쳐서
공치는 날이면 산천 쏘다닌다.
돈도 안 되는 시 쓰다가
돈도 안 되는 사진 찍다
형수한테 혼나고도 쏘다닌다.

5.

갈아엎는 것을 좋아하는 사람들 있다.
혁명은 안과 밖을 뒤집는 것이라더니
뒤집기는커녕 얻어터지고 돌아와서는
불콰한 소주에 엠헌 삼겹살만 뒤집는다.
뒤집힌 땅은 기분 좋은지 붉은 속살 드러낸다.

6.

봄의 시동은 매화가 건다.
매화가 시동 잘 걸어서인지
봄이 부릉~부릉 잘 달린다.
천지 일깨우는 향기 피운다.
일어나라, 좋은 시절 왔다.

7.

섬진 마을에 사는 늙은 아낙네
시퍼런 것 한가득 지고 가길래
"혹시 봄동 아니요?" 물었더니
"봄동이 아니라 봄똥"이라고 한다.
전라도는 사투리도 순정도 아주 세다.

8.

섬진강 팔아먹은 도둑놈들 무진장 많다.
모래 도둑놈, 수자원 도둑놈, 시인 도둑놈
팔아먹는 놈들은 많은데 잡혀간 놈들은 없다.
섬진강은 그래서 수사기관을 빛시 않는나.
에라잇, 날 도둑놈들!

매향(梅香)

비린내 비린내
산산 골골 피비린내
아비 어미 목숨 휩쓸고 간
젊은 사내 순정 짓밟고 간
아비규환 첩첩산중 피눈물
누가 씻을까 뉘라서 씻겠는가
푸른 목숨 죄다 얼려 죽인
대대적인 동계 토벌에도 살아
선도투 하는 그대여
잘한 짓이다
오매 잘한 짓이다
피를 보지 않고도
이기는 시절 보고 잡았다

여수블루스

꽃의 화사는커녕
새의 노래는커녕
칼침에 기습당한 사내.
날지 않으리, 날개도 없으니
울지 않으리, 눈물도 없으니
새끼 둘 데리고 파산의 짐 꾸려
흉흉한 항구에서 잠적했던 사내
상한 목청으로 훠이훠이 노래 부르네.
아련한 눈물도 흘리지 마라 갈매기야
피눈물로 철썩이지 마라 홍어기의 항구야
쑥대밭 떼죽음 동네에 핀 핏빛 동백꽃아
속울음 삼키며 떠나는 시발역 여수야
꽂힌 칼 삭혀서 꽃으로 피워 다시 오마
꽃핀 시 곱게 추려서 시 꽂으러 다시 가마

동백 같고 매화 같은 시를 쓰는 시인

조호진이 시집을 내는구나, 시를 쓰는 일보다 바르게 사는 일이 더 중요하다며 애써 시 쓴다는 것을 드러내지 않던 그, 가난이 얼마나 사람을 힘들게 하고 비참하게 하는지, 힘들게 노동하는 사람들은 왜 다 그 가난의 밑바닥을 벗어나지 못하는지, 화려한 문명의 밑바닥에 얼마나 많은 사람들의 희생과 고통의 눈물이 배어있는지, 온 몸으로 뼈저리게 체험하며 살아온 그가 마침내 시집을 내는구나.

시를 쓰기 이전에 그의 삶이 바로 시였다. 시가 참된 것을 추구하는 것이라면, 시가 아름다움을 추구하는 것이라면 이미 그는 몸으로 시를 써왔다. 가난한 이들, 노동하는 사람들, 이 시대의 소외받는 사람들 중 하나로 살아오면서, 그는 그 안에서 부당한 것을 용납하지 않고, 그 질곡들을 해결하기 위해 침묵하지 않고 몸으로 맞섰다. 불의한 시대, 불의한 체제가 사람들을 고통스럽게 한다는 것을 잘 아는 그는, 그런 시대, 그러한 체제를 바로잡지 않고는 결코 이 세상에 궁극적인 정의, 궁극적인 아름다움은 불가능하다는 것을 너무나 잘 알았기 때문이었다.

시인이기 이전에 사회운동가인 조호진, 청춘에 만난 것 같은데 그새 오십을 넘어간다. 한 때는 노동자로 노동운동을 하다가, 한 때는 기자로 불의한 일들을 고발하고 해결하기 위해 노력하다가, 이제는 외국인 노동자들을 위해 일하는 봉사자로, 사회복지운동가로 한시도 멈추지 않고 시대와 함께 발전해가는 그의 삶을 바라보면서 시를 읽기 전에 그의 삶에서 아름다운 동백을 보고, 눈 속에 피어나는 매화를 본다. 어쩌면 그의 시는 그런 고난의 시대, 불의 한 시대와 맞서 싸우며 살아온 그의 발자

취에 피어난 동백이요 매화 같은 것이리라.

　이 시집에 실린 몇 편의 시가 어떻게 지난 시절 온몸으로 불의의 시대와 겨루며 살아온 그의 아름다운 삶을 다 표현해 줄 수 있을 것인가. 수많은 가지에 피어난 몇 개의 꽃송이 같은 것이 아니겠는가? 한 편 한 편을 읽는 내 마음은 그래서 더욱 경건하다. 소중하게 피어난 꽃이기에 한 송이 한 송이 마음속에 따 담는다. 그의 시가 세상에 나가 더욱 많은 꽃을 피우기를 바란다. 더욱 아름다운 몸의 시, 삶의 시도 계속 보여주기를 기대하면서….

- 2009년 꽃샘추위 속에서
　조호진의 삶의 도반 **이학영**(시인-YMCA전국연맹 사무총장)

깨진 것들의 희망 04

*노굿대

좌판에 엉킨 생선 눈깔들
누워 무얼 노려보나
곁에는 쭈그러진 여자들
지핀 장작불에 기침 쿨럭인다.
거른 아침 칼국수로 허기 달래고
해장 담배도 한 대 태우고는
물 좋은 가오리 병어 고등어 사랑께
어이 젊은 이녁들
깎으려거든 이년 한숨이나 깎소
생선의 머리통 *노굿대로 찍어 올리며
물 좋은 요놈만 말고
한 물간 이 년의 팔자도 떨어가랑께
파장의 어둠 깔린 어시장 한 귀퉁이
얼큰히 취한 막걸리에 침 묻혀 지전 세다
육자배기 한 소절에 서방놈 메어꽂아도 보고
바람 잘 날 없는 세상살이 푸념도 흘려보고
생선 비늘 내려앉은 희뿌연 머리카락 흔들며
에헤라 데헤라 살자꾸나

바닷물에 빈 다라니 헹구는
몸뻬 입은 전라도 엄씨들

*노굿대 : 생선 찍을 때 쓰는 갈쿠리

비오는 날 소주 마시다

칼질에도 세월이 베여서

쉰 줄의 여자는 날랜 솜씨로 개불 썰고

머리 희끗희끗한 그의 남자는

포장 밖 기웃거리며 손님 기다린다.

그림자의 움직임도 없이

조용히 취해가던 두 사내가

해삼 한 접시를 더 주문한다.

운치있게 망했는지 망해서 운치가 있는지

덥수룩하게 수염 기른 후배가

은행 빚을 걱정하며

선배의 빈 잔을 채웠다.

술잔을 비우던 후배는

보증서준 장인에게 면목없다하고

선배는 후배에게 면목이 없었다.

털보 후배가 해삼을 씹으며

"아줌마, 하루에 매상이 얼마나 올라요?"

하고 묻자 무료하던 참의 그의 남자가

"시원찮습니다, 경기가 예전 같지 않아요."

라며 몇 마디 응답을 마칠 무렵

후두둑 후두둑 빗방울이 포장을 때리고
젊은 남녀들이 포장을 들추고 들어와
경쾌한 목소리로 이것저것을 시키자
포장마차 여자는 낙지 볶고 생선을 굽는다.
근방의 나이트클럽이 파했을 것이다.
쌀값으로 술값을 지불한 선배
손 흔들며 겨울비 속으로 사라졌다.

*봉두에서

영정도 없는 갓난아이가
봉고차에 실려 채석장 지나
봉두 화장장에 도착했다.
배냇짓도 못 다한 것이
강보에 싸여 화로에 눕혀졌다.
술기운 오른 화부가 무표정하게
갓난아기를 밀어 넣고 스위치를 켠다.
젊은 어미는 춤추듯 손을 내젓고
젊은 아비의 친구 몇이 말리거나
소주를 들이켜다 마른 나무처럼 서있다.
그 애 탈 것이 무엇이 있는지
화장장 굴뚝에선 재티가 날리고
젖살을 태워 날린 갓난아기의
뼈 몇 점이 화덕을 타고 나왔다.
울음을 참던 갓난아기의 어미는
손 휘이휘이 내저으며 입술 깨무는데
산골짜기 어디선가 빈젖 물린 듯이
암꿩의 울음소리 꺼억~꺼억 들려온다.

*전남 여수시 화장장이 들어선 마을 이름.

깨진 것들을 위하여

앞선 것들이 앞선 척하다
제몫 챙겨서 꽁무니 뺄 때
더 처지고 밀릴 자리조차 없어
세상천지 굽이굽이 부딪치면서
머리 깨지고 나락으로 처박혀서
가슴 치다 울멍울멍 했다만
깨진 이대로 끝내지는 말자
무릎 꿇린 채로 터지면서도
끝내 붙지 않은 그리움들아
한번도 앞서지 못한 것들아
목숨은 으스러져서야 빛나나니
만신창이 희망들아 세례를 주노라
죄라면 깨진 죄밖에 없는 것들아
그대들 죄 없는 죄조차 사하노니
깨진 땅에 씨 뿌리고 꽃을 피워라
어둠에 내몰린 것들아 빛이 되거라
속상해 우는 것들아 소금이 되어라

빈집털이 소년

도난 사건이 발생할 때마다 범인으로 지목한 담임선생은 소년의 결석을 불행 중 다행으로 여겼고 아흔 아홉 마리 양보다 길 잃은 한 마리 양을 찾아야 한다던 전도사는 소년이 교회에 나타날 때마다 경계를 늦추지 않았다.

드라이버 하나로 빈집을 터는 신기한 재주를 익힌 소년은 경비원의 눈을 피해 아파트 비상계단으로 생쥐처럼 숨어 들어가 빈집을 털곤 했다. 소년이 턴 집은 술주정뱅이 아비와 병든 어미의 어두컴컴한 영구 임대아파트보다 너무 밝고 행복했으므로 그 행복을 훔치고 싶었다.

소년의 책가방 아파트 지하 구석에 짱 박혔다. 어차피 반기지 않는 세상, 어차피 도둑놈으로 모는 학교, 더 이상 악수할 것도 배울 것도 없었으므로 아비에게 맞아 멍든 눈살 찌푸리던 소년은 빈집에서 턴 지폐를 호주머니에 쑤셔 넣고는 햇빛의 미행을 따돌리며 오락실로 잽싸게 숨어들었다.

소년의 거동을 수상하게 여기지 않을 때까지 세상은 제법 관대했다. 꼬리가 길면 잡히는 법, 눈에 쌍심지를 켠 경비원에게 붙잡힌 소년은 개처럼 맞으며 파출소에 끌려가면서 드디어 소년은 빈집털이 범으로 주목받았지만 그의 가난은 전혀 주목받지 못했다.

　소년의 아비에게 지급된 생계보조비는 술값이었다. 쌀은 떨어져도 술병은 쌓여갔고 술주정뱅이 아비의 매질은 참을 수 있었으나 굶주림은 참을 수 없었다. 단전을 베고 잠든 어미가 소년을 기다리지 않던 그해 봄, 버짐핀 소년은 빵을 훔치다 들켜 파출소에 연행됐고, 소년을 낯익어 하던 순경은 "이 새끼 또 왔어!"라며 귓방망이를 후려쳤다. 빵집 주인은 미성년자를 처벌할 법이 없다는 설명에 '구멍 뚫린 법'이라고 탄식하면서 돌아갔고 '빵을 얻는 것보다 훔치는 것이 더 쉬웠다'고 진술한 소년은 뺨 몇 대 맞고는 훈방됐다.

홀 할미꽃

중풍 든 할미꽃
영구임대아파트 통로에
하루 종일 홀로 앉아서
오매불망 누굴 기다리나

어미보다 먼저 떠난
무정한 자식 꽃들아
잡아줄 손 하나 없는
어둑어둑한 바람찬 세상아

아무리 기다려도
그 누구도 오지 않으니
가야지, 자식꽃 떠났던 슬픈 길
아무렴, 자식꽃 만나러가는 기쁜 길

눈 내리는 오후

서설의 오후에 기차가 지나간다.

지붕에 흰 눈 가득 태운 채 서행한다.

기찻길 옆 행인도 눈 맞으며 걸어간다.

건널목 차단기도 차량도 눈이 소복하다.

마음 없는 도시에 눈 내리면서

눈 세례 받은 도심이 회개한다.

그제서야 쓸쓸하고 부끄럽다.

쓸쓸함이 하얀 눈발되어 날린다.

부끄러움이 싸르륵싸르륵 쌓인다.

소주 마시고 잠든 노숙자가 동사했단다.

눈 내리는 날에도 아이들은 가출한단다.

소년원 아이는 세상 눈빛이 무서웠단다.

맹인의 동전 바구니를 외면한 장로님께서

십일조와 건축헌금 냈으니 천국 갈 거란다.

저 흰눈이 밥이 될까 녹으면 눈물이 될까

밥이 되고 눈물이 되어 나누는 게 구원이다.

눈물의 이웃들이 다리를 건너서 다가올까봐

다리 끊고 보초까지 세웠던 마음에 눈이 쌓인다.

겨울 인왕산

눈 덮인 겨울 인왕산
가파르고 미끄러운 길
넘어지지 말라고 다치지 말라고
앞선 이가 솔잎 뿌려 놓았습니다.
사랑도 혁명도 구원도 그 무엇도
그리도 헛헛해서 헛구역질만 나는데
솔잎 깔린 눈길 밟으며 하산하다가
그 무슨 헛소리 껍데기 벗어던지고
솔잎의 솔찬함으로 살고 싶어집니다.

상강(霜降)

오는 겨울 올지라도

하동포구 섬진나루 오고가며

불 켠 창문 두드려 찻잔 나누고

닫힌 사립 열어 술잔 기울인다면

악양 들녘 달빛으로 환하지 않겠냐만

섬진 하구 강물들로 푸르지 않으랴만

남새밭 골 고랑에 첫 서리 내려 앉아

뒤란 감나무에 까치마저 종적 감췄다고

이녁들아 마음문 걸어 잠그는가.

이녁들아 마음강 꽁꽁 얼리는가.

장애영아의 노래

피어난 꽃은
피어나지 않은
꽃보다 아름답고
태어난 아이는
태어나지 않은
아이보다 행복하다.
죄 없는 어미들아
청각장애아는 행복하다.
농아장애아는 행복하다.
몽고증아이는 행복하다.
중증장애아는 행복하다.
너무너무, 행복하고
영롱해서 봄꽃보다
먼저 피고, 샛별보다
더 빛나고 더 아프다
먼 은하수로 소풍간다.

2009 정월, 대천항에서

정월 바람 분다
초경 같은 해풍
화염의 일몰이다
침묵 혹은 묵상하라

지는 것들은 지고
취할 것들은 취하라
어둠이 또 포위할지라도
더 이상 투항하지 마라
냉소 혹은 절망은 결코
인생을 숙성시키지 않는다.

포장 속 술꾼들 두런두런 소주 켠다.
'또, 축출이야, 친위세력 강화됐어?'
'뭐, 제왕의 쿠데타라고! 영구집권?'
파시(波市) 아니다 술잔 엎지 마라.
뒤집을 것은 석쇠 위 장어만이 아니다.

해풍에 일렁이던 화염의 일몰
무창포 방면으로 퇴각했다.

지독한 긍휼

그대들이 긍휼히 여기던 그들이
그대들의 순정을 욕되게 하였다.
그대들의 거룩함이 먹칠 당했다.
그대들의 고급승용차 주변에 얼씬거리던
하찮은 그들이 체면을 구겼으니 그대들은
흉포한 자에게 사랑은 돼지 목에 진주목걸이라고
무지한 자에게 자비를 베풀 바엔 차라리 개나 주자고
그렇게 쑤군대며 성토하다 개에게 뼈다귀 던지듯이
값싼 선물 쌓아놓고 기념촬영을 한 뒤 속히 떠났다.
"씨벌, 뭘 볼게 있다고 우리가 원숭이야!"
"야야, 믿는 것들이 더해 하나님은 무슨!"
상처 입은 짐승처럼 웅크렸던 그들은
거짓 자비를 걷어차고 물어뜯으면서도
이녁보다 뒤질세라 앞다퉈 선물 챙겨갔다.

안내방송

승객께서 들고 계신 무가지는
노인과 무직자들의 밥줄이오니
다 읽으신 후 집에 가져가거나
게이트 옆 수거함에 넣지 마시고
열차선반에 잘 쌓아 놓으시길 바라며
밥줄 챙기던 노인과 실직자들이 혹시
밥줄 바삐 챙기다 실수로 발 밟더라도
밥줄에 대한 경외감으로 양해하시길 바라며
연줄 돈줄 핏줄도 없이 밥줄 하나로 연명하는
지하철 목숨들에 대한 예의 분실치 말고
가시고자 하는 인생 종착역까지
무사히 도착하시길 바랍니다.

지하철은 밥줄이다

나는 보았다
밥벌레들이 순대 속으로 기어들어가는 것을
−최영미 시인의 '지하철역에서 1'

60대 맹인 노인이 탔다.
출입문 턱에 걸려 넘어질 뻔했다.
진짜 맹인임이 틀림없다.
지팡이도 찬송가도 진짜다.
60대 후반 가량의 노인이 탔다.
마대자루 들고 탔지만 다른 노인이
무가지 훑어가는 바람에 허탕쳤다.
아현동 고가다리 건너편 중림동 할머니는
아들은 병들어 죽고 며느리마저 가출한 뒤
죽기 살기로 신문수거 해서 두 손자 키운다.
인생 거꾸러진 *기아바이들은 청산유수로
반창고도 팔고, 세면기뚫어도 팔고, CD도 팔고
천자문과 눈물도 팔아서 인생역전을 사고 싶다.

지하철이 달린다, 맹인의 밥줄이 되어
지하철이 달린다, 노인의 밥줄이 되어
지하철이 달린다, 가이바이 인생을 싣고
지하철이 멈췄다, 밥줄 끊긴 목숨이 철로에 뛰어들었다.

*기차, 버스, 지하철에서 물건을 파는 사람들로 '배고픈 상인' 이라는 뜻.

가리봉 장의차

그는 어떤 사회복지사보다도 헌신적이다.
그는 어떤 그리스도인보다도 이웃을 사랑한다.
아프리카 가나 여인 로즈몬드 사키의 주검이
흑진주 삼남매와 함께 벽제로 떠날 때도
스리랑카 사람 아라합 세르마가 떠날 때도
방글라데시 사람 후세인이 떠날 때도
재중동포 한씨 할아버지가 떠날 때도
군말없이 동행했다, 바튼 숨 내쉬며
벽제, 수원, 성남 화장터까지 갔다가
한줌 재로 변한 코리안드림을 안고 돌아와
가리봉 지구촌 사랑나눔 안식의집에 안치시켰다.
부푼 희망 안고 왔다가 주검으로 버려진
이주노동자의 마지막까지 배웅하는 것을
사명으로 여기며 싫다 궂다 말 않던
그의 숨소리가 갈수록 수상하다.
크르렁 드르륵 찍찍찍 퍽퍽퍽….
벽제 성남 수원 가는 도중에 순교하면
누가 그를 벽제로 실어 나를까.
노잣돈 꽂아줄 유족도 없는

이주노동자들 주검은 누가 나를까.

다시는, 조국도 자식도 기다리지 마세요!

– 재중동포 고(故) 한재준 노인을 보내드리면서

한씨 노인은 남부여대 쫓기던

나라 잃은 식민지 백성이었지만

마오 주석의 대장정 붉은 혁명 덕분에

중화인민공화국 사회주의 공민이 됐고

위대한 당은 소수민족 우대정책을 폈지만

그의 아비는 눈 감으면서 떠나온 고향을 그렸다.

돈이 사람노릇 한다, 한몫 쥐러 한국 가자

돈 떨어지면 조국도 없다, 죽기로 돈 벌자

혁명보다 황사보다 더 무서운 돈 광풍이

대륙을 덮치면서 한씨 노인도 자식 앞세우고

오매불망 그리던 코리안드림행 비행기 탔다.

돈은 사상보다 조국보다 혈연보다 살벌했다.

항일 유격전 때도 병든 동지는 챙겼는데

중풍환자 칠순 노인은 자식에게 유기됐다.

'날 버린 게 아니오! 꼭 데리러 올 것이오!'

그러나 자식은 핸드폰까지 바꾼 채 잠적했다.

노인은 그해 칠월칠석 시립병원에서 숨졌고

두 눈 감겨줄 안수도 없었던 무연고시신은

서울장례식장 냉동고에서 414일간 누웠었다.

상주도 조국도 없는 쓸쓸한 한씨
국민도 인민도 아닌 유랑민 한씨
다신, 자식도 조국도 그리워하지 마시라고
합법체류자보다 곱절 비싼 화장료 30만원 챙겨
꽁꽁 언 주검 한맺힌 생애 벽제에서 태워드렸다.

불법체류자를 위하여

금란교회 혹은 소망교회 같았다면 단속반원들은
난입은커녕 얼씬도 하지 못했을 것이다.
물론 불법체류자들도 얼씬거리지 못했을 것이다.
낡은 건물 2층에 차려진 허름한 교회 예배당이
구둣발에 짓밟힌 것은 단속반원들의 잘못이 아니라
가난한 불법체류자들을 불러들인 예수의 잘못이다.

가난뱅이 나사렛 예수는
나그네 심정을 잘 안다.
조선족 처지도 잘 안다.
유랑생활을 해봤기 때문이다.
식민지 설움을 겪어봤기 때문이다.
그래서 나그네를 극진히 대접하라고 신신당부했건만
산재로 죽고, 얼어 죽고, 맞아죽는 나그네 부지기수다.

재미동포 유럽동포 부자나라 동포는
언놈 하나 시비 없이 안방 드나들 듯 하는데
조선족동포는 밀입국에 위장결혼에 문서위조에
강제추방에 추락사에 멸시천대 나그네 설움이다.

망국의 비애로 떠난 조국 자유왕래 좀 하자고
재중동포 차별하는 재외동포법 개정하라고
2003년엔 83일간 오랜 장기농성도 해봤다.
2005년엔 115일간 뻗쳐 장기농성도 해봤다.
2007년 말 열하루 농성은 축에도 못 낀다.
법무부장관이 사과와 재발방지 약속했다니
스티로폼 새우잠 고된 농성 풀긴 푼다만

해산 하더라도 진짜 해산하면 안 된다.
진짜 해산하면 진짜 보복단속 전개된다.
토끼몰이 투망질 강제추방에 짓밟힌다.
그 날은 온다. 기필코 온다.
조국을 조국이라 부를 날 온다.
내 조국 내 땅 맘대로 활보해도
그 어떤 시러베자식 놈도 단속 못할 날 온다.

수원출입국 단속반원들이 2007년 11월 25일 경기도 '발안외국인노동자의집/중국동포의집'에 위치한 '중국인교회'(목사 김해성)에 불법체류자를 잡겠다고 난입했다. 항의농성 돌입 및 개신교계의 반발이 거세지자 법무부는 장관 명의의 사과문과 '교회난입 사과' 및 '재발방지' 등을 약속했으나 지켜지지 않았다.

감사기도

일 년 넘도록
호스에 목숨 연명하던
마흔 두 살 재중동포 장씨
꽃 피고 눈 내리던
춘삼월에 눈 감았습니다.
병수발로 시들시들 죽어가던
칠순 노모와 마흔 살 아내는
그 죽음 덕분에 살았습니다.
산 사람은 살아야 한다고
죽는 길이 사는 길이라고
거두어 가신 하늘의 은총 그지없어
두 손 모아 감사기도 드렸습니다.

이주노동자의 친구가 되어준 사람!

그를 처음 만난 곳은 농성장이었다. 중국동포와 구 소련동포를 차별하는 재외동포법의 개정을 촉구하는 농성장에 나타난 기자는 몇 안 됐는데 그는 누추하고 냄새나는 농성장에서 열심히 취재했다. 동포들의 아픔을 이해하려고 애쓰던 그는 농성장 동포 할아버지들 틈에 자리를 깔고 함께 잠을 잤다. 어느 날은 두 아들을 데리고 와 국밥을 나누어 먹고 또 할아버지들 틈에서 아들들과 함께 잠을 청했다.

그렇게 맺어진 조호진 기자와의 인연은 취재와 취재원의 관계에서 한 걸음 더 발전했다. 시간이 나면 '외국인노동자의집/중국동포의집'을 찾아와 자원봉사를 하면서 외국인노동자들의 한숨과 아픔을 함께 나누려고 했다. 기자란 직업은 냉정함을 유지해야 하는 직업이다. 그래서 기자들은 필요한 취재 이외에는 취재원과 가까워지지 않으려는 습성을 가지고 있다. 부담스럽기 때문일 것이다. 하지만 그는 그런 기자들하고는 거리가 멀었다.

그는 시인이었다. 억압과 착취에 분노하고, 차별과 소외에 가슴 아파하는 노동해방의 시인이었고, 진정한 사랑과 애통을 아는 시인이었다. 그가 훌륭한 기자였는지는 알 수 없으나 가슴 따뜻한 기자인 것은 자신 있게 말할 수 있다. 결국 그는 기자라는 직업을 그만두고 외국인노동자와 중국동포들의 친구가 되었다.

2007년 6월 자신의 신장 한 쪽을 이름 모를 청년에게 나누어준 그는 가난과 고달픔으로 점철된 우리들의 행진에 동참했다. 기자로서 빛과 소금의 사명을 감당한 뒤, 시인의 따뜻함으로 사랑과 나눔의 행진에 어깨를 걸고 같은 길을 가고 있다. 조호진 시인, 그를 보면서 시인이란 인간의 아픔을 이해하고 그 아픔보다 더 아파하면서 끝내 희망을 노래하는 전도사라는 믿음을 갖게 됐다.

조호진 시인의 개인사에는 적지 않은 아픔이 있었지만 다행히도 그 아픔을 예수 앞에 내려놓고, 아픈 이웃들의 세상에 뛰어들었다. 진정한 아픔은 그런 것이다. 내 아픔이 덜어졌으면 그 아픔이 얼마나 고통스러운지 알기에 이웃의 아픔을 덜어주려고 나서는 것이다. 그의 시에는 아픔과 눈물 자국이 도처에 있다. 아픔과 눈물 속에서 버려진 자, 병든 자, 억압당하는 자, 쫓겨난 자, 억울하게 죽은 자들의 노래를 듣는다. 누구도 손 내밀지 않을 때, 가까이 다가와 눈물을 닦아주며 함께 울며 노래하는 시인으로 인해 그들은 그나마 위안을 받았을 것이다.

이주노동자를 돕는 길은 쉽지 않은 가시밭길이다. 가시밭길에서 노래 부르기란 더욱 쉽지 않을 것이다. 하지만 기도할 것이다. 가시밭길 힘들지만 함께 가자고, 그들의 아픔이 희망과 행복으로 꽃필 때까지 그들을 노래하는 시인이 되어달라고….

– 김해성 목사(외국인노동자의집/중국동포의집 대표)

사랑만이 온전케 하리라 05

꽃과 땅

꽃에게는
땅이 전부였지만
땅에게는 꽃이 일부였지요.
꽃은 전부를 바쳐 땅을 사랑했지만
땅은 일부를 걸고 꽃을 사랑했지요.
그래서 꽃은 시들었고
끝내 땅에 꽃잎 떨구었지요.

꽃과 사람

꽃은 땅을
떠나지 않았고
땅도 꽃을
버리지 않았는데
병(病)든
사람은 버려졌고
버려진 사람은
병(病) 들었습니다.

가을노래

봄꽃과
가을꽃에게
사랑을 고백했지만
상처난 몸뚱이는 싫다고
남루한 노래가 부담된다고
아니 아니라고 해서 슬펐습니다.
혼자 슬피 노래 부르다가
거기 오래 서 있는 돌들에게
너는 슬프지도 않느냐고
너는 괴롭지도 않느냐고
왜 말없이 사냐고 물어도
아무런 말이 없었습니다.

서초동 가정법원 428호

여자에게 칼 맞고
죽을 것 같았는데
죽일 것 같았는데
살아서 하늘을 본다.
서초동 겨울 하늘 참 시리다.

봄날

뒹굴다
깨져서
만신창이
울지도 못하고
아~으~아~으!
피눈물
없이 어찌
인생이겠느냐
재빨리 핀 것들은
더러 얼어 죽기도 하니
뒹굴다 깨진 것들에게
어찌 봄 오지 않겠느냐
언 시절의 눈물로
허벌나게 따스한 날 보리라.

쓰다만 시

나의
상처로 인해
그대 아프지
않았으면
좋겠습니다.

시보다 삶이다

써 놓은 시 정리하려고
마음먹고 귀가 했는데
밀린 빨래감으로 어수선해서
운동화 빨고 빨래 널다
허리 곧추 세워보니 새벽입니다.
시 쓰는 일보다 사는 일이 바빠서
사는 일이 시 쓰는 일보다 중해서
시의 길보다 삶의 길을 걷습니다.
삶의 길을 부지런히 걷다보면
시의 집에 언젠가 닿을 것입니다.

철도 건널목에서

그대 그리워
밤길 달립니다.
그대 잠들면 어쩌나
그리워 안달나는데
차단기 내려지고 기차 지나갑니다.
건널목에 막힌 그리움이 샛눈 뜹니다.
화물차의 길고 긴 차량을 세어보고
차단기 앞 취객들도 곁눈질하지만
밤보다 더 검은 화물차는 느릿느릿
철도건널목 간수의 깃발도 느릿느릿
그대 얼굴 그리운 맘만 바빠집니다.

새벽기도

연 사나흘
눈물의 기도로도 부족해
울먹이며 걷는 새벽 길
아롱아롱 눈망울로
새벽하늘 올려다보는데
가슴 파고드는 별 하나
당신입니다.

청혼

홀로였던 내가
홀로였던 그대
쓸쓸했던 신발을 벗기어
발을 씻어주고 싶습니다.
그 발아래 낮아져
아무 것도 원치 않는
사람이고 싶습니다.
그대 안온한 잠을 밝히는
등불이 되어
노래가 되어

곶감처럼

눈물의 껍질
가지런히 벗겨
바람 잘 통하고
햇볕 좋은 헛간에
주렁주렁 매달았더니
떫음마저 사라지고
아픔마저 졸깃졸깃
흰 시설(柿雪)의 사랑이여
여문 눈물은 아프지 않으리
상처 아물면 꽃 피고도 남으리
이제 다신 생채기 없을
건시(乾柿)의 달콤함이여

봄날, 병동에서

신장 아픈 아내여
아파도 부디 아파도
햇살 좋은 봄날에 아파다오.
연분홍 꽃처럼 화사하게
부디 환하게 아프지 않게
아파도 부디 덜 아프게
봄엔 더 창창한 솔잎처럼
아파도 푸르게 웃는 그대
아픔도 그리하신다면 좋겠네.
밤새 앓던 신열도 그리하신다면
그대 아픔 보듬으며 쓰다듬으며
햇살 좋은 봄날에 아프신다면
그대 아픔에 감염되어도 좋겠네.
내 한쪽 신장도 그대 한쪽 신장도
아픈 사랑 감싸는 봄 햇살이겠네.

우린 식구다

도망갈 사랑도 없이
증오할 그리움도 없이
무참히 떠내려가다 아득히

눈물의 밥 홀로 짓고 먹고
눈물의 잠 홀로 베고 자고
눈물의 꽃 홀로 피고 지고

다신, 여자의 옷이
내 집에 걸리지 않으리
저주의 혀로 다짐했건만
슬피 울며 이를 갈았건만

잿더미 된 가슴에 꽃이 피네
그댄 쓸어 닦아주고 안아주셨네
여자에 난자당해 피눈물 흘리고도
끝내, 사랑만이 온전케 하리라 노래하네

사랑 아니면 그 무엇이 치유하랴
사랑 아니면 그 무엇이 보상하랴
사랑 아니면 그 무엇이 용서하랴
사람아, 수심 거두고 저 하늘을 보라

한 밥상 한 솥밥
식구들아 둘러 앉아 밥을 먹자
얼싸 안으며 화사하게 피어나자
우리가 꽃이 아니면 그 누가 꽃이랴
우리가 식구 아니면 그 누가 식구이랴
우린 식구다 오오! 하늘 아래 한 식구다

그 남자의 환승역

마흔 여덟이라는 짐 덩어리를 메고 환승역에서 내린
그 남자의 속내가 궁금했다.
왜 그랬을까? 굳이 차를 갈아타려는 이유가 무엇일까?

1.

욕망은 나이와 정비례하는 부피여야 뽀대가 나는 법이니
끝까지 밀고 가다보면
결국 탐욕이라는 문패 하나 제 인생의 뜨락에 남기고,
그나마 남은 시간들은 그것을 단단히 움켜쥐다 끝내고 말 터.
그러니 작고 작은 것을 아름답게 보는 눈,
흔하디흔한 것 속에 담긴 가치를 통찰하려는 애틋함,
그 순수한 권역에 도달한 사십대 남자는 더 없이 행복하다. 부유하다.
잘 보이지 않으니 한걸음 더 다가서기를 게을리하지 말아야 하고
잘 느껴지지 않으니 온 몸의 감각세포를 곧추세워야 할 터,
작고 흔한 것을 섬세하게 보기 위해 애쓰다보면
자연스럽게 부지런한 생활력과 예민한 감수성이 회복될 것이니,
이 얼마나 고마운 일인가.
다행히 이 일은 누구에게나 가능한 일이다.
맘만 먹으면 별로 힘든 일이 아니다.

정작 어려운 것은 그것에 '호들갑을 떠는 일'이다.
그 호들갑의 결실로 쓰여진 그 남자의 시들을 읽고
나도 참 오랜만에 애틋, 애틋하였다.
처음 산골짝을 나서는 맑은 물 같은 애틋함이 아닌,
시간이 흐르고 또 흐른 뒤, 쌓이고 또 쌓인 뒤,
충분히 더렵혀진 물길 한 자락이 평온하게 뿜어내는 애틋함, 그런 것.
일테면 풋처녀 설총각들이 과시하는 애틋함과는 차원이 다른,
뭐랄까, 애틋함의 공력차이라 할까?
그래봤자 나이든 한 남자가 나이 든 한 여자의 사랑을 받고
또 주는 일일뿐인데, 그 흔하디흔한 것이 자신의 전부라도 되는 양,
그 남자는 자신이 환승해야만 하는
엄숙한 알리바이라도 거머쥔 듯 나를 설득한다.
그러니 애틋할 수밖에.

…그 남자가 좋은 첫 번째 이유,
그는 정녕 작고 흔한 것에 호들갑떨 줄 안다.

2,

꽃은 전부를 걸고 사랑했지만 땅은 일부를 걸고 사랑한 탓에
비로소 꽃이 저무는 것('꽃과 땅')이라는 그 남자의 통찰은,
어떤가? 지독하게 눅눅하지 않은가?
그럼에도 불구하고
"꽃은 땅을 떠나지 않았고 땅도 꽃을 버리지 않았는데

병든 사람은 버려지고 버려진 사람은 병든다” 한다.(‘꽃과 사람’)
병든 몸에서 뿜어져 나오는 남루한 노래가 싫다 해서 또 누군가에게
상처받고 할 수 만 있다면 확 도려내고 싶은 그 상처덩어리로
“너는 슬프지도 않냐고 너는 괴롭지도 않냐고
 왜 말없이 사냐고”(‘가을노래’) 묻고 또 묻는데,
길가에 굴러다니는 돌멩이들이 그랬듯이,
나라고 무슨 말을 할 수 있을까?
그지없는 이 먹먹함을, 나보고 어쩌란 말인가.
… 그래, 사람은 다 외롭다. 나도 외롭다. 당신도 외롭고.
하지만 그 남자는 각별히 외롭다.
각별히 외로운 사람 앞에서 ‘외로움은 사람의 본질’이라는 식의
형이상 명제는 여간 뻘쭘한 것이 아니다.
다행히 그가 시인이어서 얼마나 고마운지 모른다.
구석구석 눌러붙은 때 자국으로 채워져 있었을 그 남자의 방,
오래 열리지 않았을 그 남자의 창문,
먼지만 수북이 쌓였을 그 남자의 이부자리,
자신을 세상 끝자락으로 내 몰았던 사건들과
눅눅한 것에 충분히 익숙해 질 때까지
눈길 한번 주지 않았던 삶이라는 것을
그래도 포기하지 않고
한 올 한 올 낱낱이 어루만지고 보듬으며 통찰을 거듭할 시가 있었으니
얼마나 커다란 위무인가 말이다.
그의 인생 곳곳을 같이 뒹굴었던 그의 시처럼
마흔 여덟의 나이를 짊어지고 환승역에서 내린 그는
버려진 사람들의 곁을 자신의 인생 후반기 거점으로 확보하였다.

그에게 시가 그러하였듯이
그도 누군가의 시가 되고 싶은 탓이다.
......
그의 인생은 그렇게 치유되어가고 있다.
어려운 시절을 망각하도록 돕는 마취나 진통제 따위가 아닌,
아픔을 정면으로 마주하고 슬픔의 두 눈을 뚫어지게 응시하게 하는 힘,
그의 시가 품고 있는 그 치유의 능력 덕분에
급기야 기특하여라, 나의 지난날들아.
고맙고 감사해라, 그 고단한 시절을 잘 버티어 준 내 인생아.
…그리 되는 것이다.
내가 보기에 지금의 그는
더없이 평온하다. 다사롭다. 온전하다.
다시는 생채기 없을 건시 한입('곶감처럼') 콕 깨문 듯
아, 내 마음도 얼마나 좋은지 모른다.

…그 남자가 좋은 두 번째 이유,
상처투성이 지난날을 다독일 수 있는 치유의 영성을 품은 시인이라는 것.

3.

사랑을 하는 사람은 키가 아주 작은 법이다.
그 남자도 키가 작다.
생각도 소박하고 마음도 여릿하며 목소리도 느릿느릿 작다.
그러니 얼마나 좋은가.

그 곁에 서 있는 그 누구나 커 보일 수 있으니 말이다.
스스로 낮은 사람 되어 열심히 섬기겠다는
그 남자의 감동적 '꼬드김'에 빠진 그 여자,
그 사랑에 대한 선물처럼
혹은 평생의 귀한 손님처럼 한 솥밥 공동체를 이룬 아이들,
이 모두를 돋보이게 할 그 남자는
아무리 봐도 경계 1호 대상이 틀림없다.
내 아내와 마주 앉는 일은 절대 없게 해야겠다.
충고하건데
그 남자가 쓴 이 시집을
당신의 아내나 애인에게 선물하는 일은 가능한 없게 하라.
틀림없이 비교평가 절하되는 운명을 당신은 피할 수 없을 것이니.
그뿐일까?
그가 품고 있는 수많은 이방인들을 돋보이게도 할 것이다.
이 탐욕스러운 무정(無情)의 세상을 향해
그들이 얼마나 아름다운 사람들인지를 드러낼 것이 틀림없다.
무엇보다 이 모든 것을 빌미로
그를 환승역으로 불러낸 갈릴리 사람 예수,
그를 돋보이게 하고 자신의 공로는 말끔히 감출 것이 틀림없는,
이 키 작은 남자.

…그가 좋은 세 번째 이유,
그는 남을 돋보이게 하기에 아주 적당한 키를 가진 남자라는 사실.

- 류형선(작곡가)

머리 둘 곳조차 없는 그 사내 06

아멘

죄 중에
가장 큰 죄는
주일을 지키지 않은 죄가 아니고
십일조를 내지 않은 죄도 아니고
피눈물 흘리는 이웃을 보고도
눈 깜짝하지 않고 밥 잘 먹는
무정(無情)한 죄가 가장 큰 죄라고
눈 맑은 목사님이 말씀하셨다.
그 말씀에 무조건 아멘 했다.

마흔 여덟, 환승역에서

구멍 난 인생을 시로 때우고 싶었다.
인생은 시에 속는 줄 알면서도 가담했다.
'내 꿈을 누가 짓밟았어, 내 꿈을 살려내 꿈!'
'유전무죄다, 무전! 돈 없는 내 죄를 데려와!'
유리창 깨며 길길이 뛰었을 뿐
시는 인생의 구멍을 때우지 못했고
인생은 속는 줄 알면서도 동행했을 뿐이다.
마흔 여덟, 막차 타고 떠나기엔 서글프고
첫차 타고 떠나는 건 잠행 같아서 불안하고
참회록을 쓰고 끝장내기엔 어중간한 나이다.
그래, 인생엔 속았지만 죽음엔 속지말자.
시 쓴 적 없는데도 제 교도에게
쫓기며 걸어가는 나사렛 사내
머리 둘 곳조차 없는 인자를 따르자
못 쓴 시라도 다시 쓰자
못 산 인생이라도 다시 살자
목청 쇠했더라도 다시 노래 부르자

안부

보내주신 기도와 염려 감사합니다.
제 몸이 제 몸 아님을 알았습니다.
거둬 가시면 내일 없다는 것 알았습니다.
사랑한다는 말도 허투루 했습니다.
헛헛한 용서의 말을 거두겠습니다.
헝클어진 죄를 추리면서 살겠습니다.
그러므로 간혹 더러 간혹
신열 끙끙 앓으며 살겠습니다.
아픈 몸 감사하며 살겠습니다.
아픈 아내 잘 보살피며 살겠습니다.
주신 자비와 평안으로 저물면 좋겠습니다.

권사님 보신탕

어쩌나 어쩌나 어찌하나

피 많이 흘렸을 텐데 어쩌나

중보 기도하시던 노 권사님

제 자식 몸보신 시키듯

애써 싸주신 보신탕 전골

먹기 좋게 썰어놓은 고단백 육질

울컥거리며 가슴으로 먹는데

신장(腎臟) 떼어낸 그 빈자리에

사랑장(臟) 채워져 치유의 피 흐르네.

새벽 신서 1

– 거기서 우는 그대는

눈물 닦는 자 되리라

눈물로 맹세하고도

눈물 닦아주기는커녕

눈물 흘리게 하였으니

용서 빌지도 못하겠습니다.

사막 같은 헛헛한 가슴

황사만 풀풀 날립니다.

눈물의 친구도 가교도

되지 못했으므로

끊긴 것들 잇지 못합니다.

눈물의 기도도 없이

마른 가슴만 치다

돌아온 이 새벽

거기서 우는

그대는 누구입니까?

새벽 신서 2

– 눈물의 기도를 기다리며

눈물도 없는 통성으로
애통도 없는 슬픔으로
그 무정한 기도로
그 욕망의 기도로
삼백 예순 엿새를
부르며 미쳐 날뛴다고
어찌 응답 하겠느냐
어찌 안아 주겠느냐
부디 제발 위선을 씻고
부디 제발 허명을 벗고
통회하며, 더욱 통회하며
갱생하고, 더욱 갱생하며
눈물의 기도로 만나자
제발, 부디 간구하노니

새벽 신서 3

― 그대, 눈물을 보아야 하리

눈물의 긍휼함이여

눈물의 정결함이여

눈물로 날밤 새운 이를 위하여

눈물의 피로 쓰러진 이를 위하여

눈물로 합심하여 울어야 하느니

눈물로 연대하며 안아야 하느니

눈물의 밥을 나누며 함께 일어서는 자

눈물의 하늘 아버지가 기뻐하리니

눈물에 주리고 목마른 이를 위해

갇히고 쫓겨나고 매 맞은 이를 위해

눈물로 싸우며 기도하는 이를 위해

눈물의 의로 핍박 받는 이를 위해

눈물 흘린 자는 눈물의 예수를 보리니

눈물을 정복하고 짓밟은 욕망의 아귀들이

악머구리 광기로 밤새 춤추는 죽은 자들이

눈물의 예수를 어찌하여 보겠느냐

눈물의 보혈을 어찌하여 얻겠느냐

눈물의 십자가를 어찌 지고 가겠느냐

독사의 자식들 1

고아와 과부와 노인과
병든 자와 버림받은 자의
연봇돈마저 가로챈 자를
여자를 꾀어 간음한 자를
불법영업으로 배 불린 자를
간교로 권력을 누리는 자를
하늘을 팔아 혹세무민하는 자를
결코 목사라 칭하지 아니하고
사악한 독사의 자식들이라 부르는
이 불순종을 용서하지 마소서!

독사의 자식들 2

오리를 가자하면 십리를 데려다주고
겉옷을 달라면 속옷까지 주라했건만
노인과 장애인과 불구자 다 물리치면서
외제차 *벤틀리 타고 어디 가려하느냐!
황금 십자가 비단 길 천국 팔러 가느냐!
눈뜬 맹인들 후려서 세습에 성공했느냐!
골프 연습장 딸린 고급빌라에서 성자를 낳겠느냐!
별장 호화 목욕탕에서 초호화 세례를 베풀겠느냐!
독사의 독마저 삼킬 화신들아 화있을진저!
천국을 부자에게 팔아 넘기고
의에 주리고 목마른 이웃들을 핍박하고
청결하고 화평한 이의 가슴에 못질하는
오오! 천국을 말하면서도 천국을 믿지 않는
오오! 예수와 하나님을 팔면서 능욕하는
악의 악마저 삼킬 화신들아 화있을진저!

*세계적인 명차로 가격은 3억원대.

독사의 자식들 3

칼 들고 위협하는
강도보다 두려운 자는
바늘귀도 통과 못할 부자
그 부자와 세도가를 위하여
빵과 포도주 만찬을 차린 부자교회
부자들이 천국마저 투기해 장악했으니
이웃의 눈물 밟히는 것은 예삿일이로다.
외롭고 쓸쓸함이 내쫓기는 건 다반사다.
오호라, 우리들의 곤고한 죄로다.
부자의 개가 되어 침상을 핥은 죄
일용할 양식을 제대로 나누지 못한 죄
핍박이 두려워 불의에 제대로 맞서지 못한 죄
가난한 이웃의 눈물을 온전히 닦지 못한 죄
제 민족에게 십자가 못 박히신 인자여!
제 교도에게 또 다시 못 박히는 인자여!

천국을 향하여

무가지 신문 하나 더 주우려고
씨근덕거리는 생존의 땀방울을 보라
배추 무 시레기 하나 더 주우려고
새벽 서리에 떨면서 아득바득하는
거북 등짝 같은 생계의 손들을 보라
소주에 팅팅 부은 땟자국 손으로
한끼니 만큼의 양식 얻어먹는
노숙 무전취식의 심난한 목숨을 보라
하루가 백년같이 길고 누추한 생애
오늘도 한끼의 밥과 잠자리를 위해
아등바등 버티는 그대들의 생존투쟁은
아우성이 아니라 하늘을 향한 합창이다.
하나님 알지 못하나 하나님 자녀이다.
기도를 하지 않으나 사는 게 기도이다.
십일조 낸 적 없으나 천국은 열려있다.
그러므로 그들을 위해 기도하고 예배하라
그러므로 그대의 창고를 열어서 나누어라
그리하여 천국은 하나님을 알지 못하나
하나님 팔지도 능욕하지 않은 이들의 것

천부와 그 아들 모르는 죄 하나로 지옥 간다면
이승도 모자라 천국마저 부자에게 팔아넘긴다면
그런 하나님은 하늘에 사는 하나님 아니시다.

그 사내

나는 보았다.
그 사내를 보았다.
서울역 영등포역 노숙자 틈에서
보루박스 신문지 덮고 자는 것을
단속에 부서진 노점상의 눈물에서
강제철거로 쫓겨난 담벼락 낙서에서
일자리 빼앗긴 비정규직 가두 투쟁에서
토끼몰이 단속에 죽어간 불법체류자 영정에서
나는 보았다, 그들과 한 패거리인 그 사내를
나는 보았다, 밑바닥보다 더 밑바닥인 그 사내
나는 보았다, 외로움보다 더 외로움인 그 사내
나는 보았다, 헐벗음보다 더 헐벗어 떠는 그 사내
실패한 자의 벗이 되기 위해 날마다 실패하는 그 사내
성공한 자들에게 조롱당하면서 끝내 실패하는 그 사내

고통과 절망 속에서 피어난 축복의 꽃송이

- 정운현(오마이뉴스 초대 편집국장)

1.

　지난 2월초쯤으로 기억된다. 새해 들어 얼굴이나 보자며 그에게서 전화가 걸려왔다. 만나기로 약속한 날 충정로 경기대 입구 생맥주집으로 향했다. 오랜만에 그와 마주 앉았다. 500cc 생맥주 두어 잔이 비워질 무렵 그가 멋쩍은 듯한 인상이었는데, 뭔가 내게 부탁 같은 게 있는 듯해보였다. 그건 마치 내게 주례를 부탁하러 왔던 몇몇 후배 녀석들이 그랬던 것처럼. 어쩌다 젊은 나이에 후배들 주례를 몇 번 선 적이 있다. 그런데 그럴 때마다 나는 늘 속은(?) 기분이었다. 말하자면 이런 식이다. 후배 녀석들은 처음엔 언제 결혼을 한다며 청첩장 갖고 차나 한 잔 마시러 가고 싶다는 식이다. 장가가는 후배가 인사차 찾아온다는 데 그걸 오지 말라고 할 순 없어 그럼 언제 한번 오라고 했더니 차 한 잔을 다 마시고도 도무지 갈 생각을 않네? 그래서 무슨 할 얘기가 더 있냐고 물었더니 그제서야 '사실은 주례를 좀 부탁…'. 아차 속았구나! 하면 그때는 이미 늦은 것이다. 제 딴에는 큰마음 먹고 어렵게, 또 한편으로는 일부러(?) 내게 주례를 부탁하러 온 것을, 애당초 주례를 거절할 양이면 처음부터 못 오게 했어야지 이제 와서 남의 인륜지대사를 그르칠 순 없는 노릇이다. 그러니 결국 주례를 승낙하지 않을 수 없게 된다.

　그날 그의 태도가 꼭 이랬다. 즉, 생맥주 두어 잔을 마시도록 그의 얘기는 별 주제 없이 그냥 빙빙 돌았다. 뭔가 좀 쑥스럽고 미안하지만, 그래도 부탁을 하려고 마음을 먹고 와서 이제는 할 말을 할 수 밖에 없는 그런 상황에 달해서, 그래서 조금은 어색한 그런 자세로 말이다. 그가 입을 열었는데 조만간 첫 시집을 펴낼 예정이라고 했다. 그가 시를 써온 건 나도 알고 있는 사실이다. 그래서 시집 발간을 축하한다고 했다. 그런

데 그 시집의 발문을 나더러 좀 써달라는 것이다. '엥? 날더러 발문을
써달라고? 마흔 중반에 어쩔 수 없이 전 직장 후배들의 주례를 몇 번 서
기는 했지만, 시인이나 문학평론가도 아닌 내게 시집의 발문을 써달라
고?' 이건 몇 살 더 먹은 연륜으로 대충 체면치레로라도 때울 수 있는
주례와는 또 다른 것이다. 남의 주례사나 연설문, 호소문을 대필해본 적
은 더러 있지만 남의 시집에 발문을 써보기는 난생 처음이다. 요새 젊은
애들 하는 말로 '대략난감', 딱 그런 기분이었다.

2.

　조호진 시인과 인연을 맺은 것은, 그 정확한 시점은 기억나지 않으나
적어도 2002년 이후인 것은 분명하다. 그 해 1월 10일부터 나는 인터넷
신문 〈오마이뉴스〉의 편집국장으로 일하기 시작했고, 그는 〈오마이뉴스〉
'전남동부' 지역 주재기자로 있었다. 정규직 기자로 채용되기 이전에는
시민기자로 활동해 왔으니 〈오마이뉴스〉와의 인연은 나보다 그가 먼저인
셈이다. 한 식구이긴 했지만 본사 편집국 근무가 아니라 지역주재 기자
였던 까닭에 그와의 만남은 한참 후에야 이뤄졌다. 그러나 '만남' 이전
부터 그는 내게 글로써 자주 다가오곤 했었다. 그는 지역 토호세력들의
고질병 같은 것들을 가감 없이 기사화하여 창간 초기 〈오마이뉴스〉의 기
개와 명성을 드날리는 데 크게 기여하였다. 뿐만 아니라 주변의 어려운
사람들의 이야기를 따뜻한 시선으로 풀어내 가끔씩 나를 울리곤 했었다.
내게 그는 의롭고 따뜻한 가슴을 가진 기자로 오래 남아 왔다.

그를 안 지 햇수로 7~8년 됐지만 내가 그를 잘 안다고 말하기는 어렵
다. 그런 나에게 자신의 분신과 같은 첫 시집의 발문을 써달라고 부탁하
기에 잠시 생각해보았다. 나에게 무슨 특별함이 있는가. 그가 답을 내놨
다. 여느 시집에서 봐온 주례사 같은 그런 상투적인 발문은 싫다고 했다.
자기를 가장 잘 아는 사람의 글을 받고 싶다고 했다. 작가를 잘 알지 못
하고 시집에 발문을 쓰는 사람이 있을까마는 아무튼 그는 최종 결론을
내린 것 같았다. 마치 후배 녀석들의 주례 부탁을 번번이 거절하지 못했
듯이. 결국 나는 그의 부탁을 얼떨결에 승낙한 꼴이 되고 말았으니 이제
어떡하겠는가? 부족하지만 발문을 써보기로 했다. 대신 문학평론가들이
쓰는 그런 식의 작품 비평보다는 형(兄)의 시선으로 그의 '아픔'을 어루
만져 주련다. 그가 살아온 고통의 지난날을 어렴풋이나마 알고 있기 때
문이다. 이 글이 그의 그런 상처에 대한 작은 위로가 됐으면 한다.

3.

그에겐 세 개의 '집'이 있다. 첫 번째 집은 그의 삶의 근거지인
home. 두 번째 집은 그의 블로그, 마지막 세 번째 집은 그의 시심(詩心)
의 결집체인 시집(詩集)이 그것이다. 발문을 쓰면서 나는 그의 집 세 곳
을 두루 살폈는데, 적잖은 시간이 걸렸다.(요즘은 시집의 발문을 쓰려면
작가의 블로그까지 살펴봐야 하는 그런 시대가 됐다 ^^)

먼저 그의 첫 번째 집. 서울 서대문 충정로 미동초등학교 바로 옆에
있는데, 그의 다섯 식구가 오순도순 살아가는 삶의 터전이다. 크기나 집

값으로 볼 때 전형적인 서민의 모습 그대로다. 작년 늦가을 어느 날 저녁, 그의 아파트에 불쑥 놀러갔었다. 늦은 시각까지 먹다보니 집안에 있는 술이 다 떨어져 그의 아내가 도중에 술을 사러 나갔다 올 정도로 둘이 흠뻑 마셨던 걸로 기억한다. 그것 말고도 그날 그에 관한 특별한 기억 하나를 갖고 돌아왔다. 부부가 배웅차 엘리베이터까지 따라 나왔는데, 아까 방에서부터 배를 긁어대던 그가 아파트 복도에서 엘리베이터를 기다리면서도 연신 긁어대는 것이 아닌가. 그래서 내가 그 모습을 의아한 듯 바라보자 그의 아내가 한 마디 던졌다.

"저 사람이 아직도 거기가 신경이 쓰이는가 봐요!"

그제 서야 나는 그 연유를 알아차렸다. 그리고는 그에게 옷을 걷어보라고 했는데 순간 나는 놀라서 눈이 휘둥그레졌다. 그의 배에 난 칼자국이 이만저만한 큰 것이 아니었다. 2007년 5월, 그는 얼굴도 이름도 모르는 '광주에 사는 29세 청년'에게 신장 하나를 기증한 바 있다. 나는 그가 신장을 기증한 후 입원해 있던 병원으로 위문을 간 적도 있는데, 그때만 해도 그게 그리 큰 수술인지 몰랐다. 그런데 그날 보니 그의 왼쪽 옆구리에 난 수술자국이 한 뼘 반은 족히 돼 보였다. 내 오른쪽 배에도 수술자국이 하나 있다. 맹장염 수술 자국이다. 불과 손가락 두 마디에 불과한데도 4~5일 입원했었다. 그는 그 고통을 home에서 사랑하는 아내와 아이들의 격려, 그리고 신앙의 힘으로 견뎌내고 있다.

두 번째 그의 집 블로그. 간판은 '햇살 따스한 평온의 뜨락'(http://tajin.tistory.com/). 그가 블로그를 시작한 건 나의 권유가 단초가 됐을 것이다. 작년 가을 쯤 그의 부부와 충정로 그의 집 인근에서 술을 한잔 한 적이 있다. 그 때 내가 두 사람의 '재혼일기'를 블로그에 연재해보라고 권유한 바 있다. 두 사람은 내년부터 시작해 보겠노라고 약속했다. 그러나 그 약속이 이리 빨리 이뤄질 줄은 몰랐다. 그는 약속대로 금년, 그것도 1월 1일자부터 블로그를 시작했다. 그는 요즘 이 공간에서 세상과 소통하고 있다. 지난 세월의 아픔을 되새기고, 새 인연에 대한 감사와 축복의 찬사를 연일 쏟아내고 있다. 3월 말 현재 90여 개의 글이 올라와 있다. 구고(舊稿)까지 합쳐 하루에 한 건씩 쓰고 있는 셈이다. 현재는 그 혼자 쓰고 있지만 '홀로 쓰지 않는 재혼일기'라는 카테고리가 있는 걸로 봐 언젠가는 그의 아내도 동참할 모양이다.

마지막 세 번째 집인 시집(詩集). 그의 여러 면모 가운데 하나는, 그는 천상 글 쓰는 사람이다. 서른 중턱에서 7년여 신문사 기자 생활을 했고, 철들어서는 근 20년 가까이 시를 써왔다. 그에게 글쓰기는 자기표현의 한 방식이자 살아가는 한 방법이기도 했다. 시를 쓴 것은 영혼이 병들지 않은 그로써 육신이 살아남기 위해 쓴 것이었다. 기자생활을 한 것은 그와 반대였다. 즉 육신의 삶을 영위하여 영혼이 병들지 않도록 하기 위한 고육지책이었다. 그래서 그의 시집은 힘겹고 또 아프다.

4.

첫 시집에 실린 83편의 시를 읽고 난 후 소감은 한마디로 '쉽다'였다. 그의 시는 불필요하게 난해하지 않다. 그렇다고 가볍다는 얘기는 아니다. 숨김없고 꾸밈없고 말 돌림 없고, 배배 꼬여있지 않다. 굳이 사족을 덧붙

인다면 그의 시는 사전에서 말라죽은 낱말을 허위허위 억지로 끌어와 이리저리 얼기설기 엮은 그런 말장난이 아니다. 마감에 쫓겨 퀴퀴한 골방에서 머리 쥐어짜가며 언어를 농락하는 사이비 작자들이 포장지로 동원하는 현학적 언어들은 더더욱 아니다. 그의 시가 술술 읽히고 이해하기 쉬운 건 그래서 자연스럽고 또 당연한 귀결인 것이다.

그는 또 문학을 지적 영역의 전유물 정도로 여기는 그런 호사가가 아니다. 또 음풍농월하는 낭만시인도 아니요, 탐미주의의 연애시인도 아니요, 이념의 굴레에서 헤매는 그런 오도된 인텔리겐치아 시인도 아니다. 그는 시를 제대로 배운 사람도 아니다. 시로 품을 팔아 먹고살고자 하는 사람도 아니다. 그에게서 시는 불의한 시대에 대한 울분이요, 삶을 지탱하는 기둥뿌리요, 절망 앞에서 희망을 품어내는 용광로 같은 것이다. 이는 그의 시가 20년을 걸어온 궤적을 보면 금새 알아차릴 수 있다. 이제 그의 시의 바다로 풍덩 빠져보자.

5.

시인에게 시는 그 사람이요, 그 시대요, 그 기록이다. 이 같은 명제는 그라고 예외가 아니다. 거부할 수도 없었겠거니와 그 역시 이를 따르고 싶었을 것이다. 축복받지 못한 삶에 대한 자포자기, 그런 시대를 관통하는 절망과 회한, 숨기고 싶은 사연들. 눈물 속에서 피는 꽃이 아름다운 것은 그런 꽃을 피워본 사람만이 알 수 있는 것이다. 불의를 목격하지 못한 자가 정의의 갈증을 피 끓음으로 느낄 수 없고, 배고파보지 않은 자가 빵 한 조각의 존귀함을 알지 못하는 것과 매 한가지다. 그의 시는 고단한 삶의 절규이자 희망을 갈구하는 염원의 기도문과 같은 것이다.

우선 시인의 심경이 담긴 자기 고백을 들어보자.

구멍 난 인생을 시로 때우고 싶었다/인생은 시에 속는 줄 알면서 가담했다/…시는 인생의 구멍을 때우지 못했고/인생은 속는 줄 알면서도 동행했을 뿐이다/마흔 여덟, 막차 타고 떠나기엔 서글프고/첫차 타고 떠나는 건 잠행 같아서 불안하고/참회록을 쓰고 끝장내기엔 어중간한 나이다/그래, 인생엔 속았지만 죽음엔 속지말자/시 쓴 적 없는데도 제 교도에게/쫓기며 걸어가는 나사렛 사내/머리 둘 곳조차 없는 인자를 따르자…
– '마흔 여덟, 환승역에서' 일부

삶의 고통이자 무기였던 시를 안고 마흔 여덟 해를 살아온 시인은 인생을 구원할 수 없는 시의 한계를 되돌아보면서 환승역에 선다. 그리고 나사렛 예수를 따르겠다고 각오하면서 '못 쓴 시라도 다시 쓰자/ 못 산 인생이라도 다시 살자/ 목청 쇠했더라도 다시 노래 부르자'고 다짐한다.

첫 시집에 실린 그의 시는 6부로 나뉜다. 제1부–노동의 고단함, 제2부 가난과 방황, 제3부–여수를 비롯한 남녘에서의 시혼(詩魂), 제4부–절망과 희망의 노래, 제5부–다시 찾은 사랑의 나날, 마지막으로 6부–신앙고백으로 나뉘어져 있다.

다행인 것은 그의 시가 좌절과 절망을 딛고서 해피엔딩으로 끝나고 있다는 점이다. 이 같은 결과는 그가 좌절의 연속에서도 엇나가지 않고 어린 자녀들을 건사하며 진실로 행복을 간구(懇求)한 결과라고 하겠다. 그에게서 기도는 굴곡진 삶 속에서 늘 절대자로 존재해 왔다.

　시는 감성과 사유(思惟)의 언어들로 마침내 형상화 되고, 그 언어는 말초적이고 단발적인 낱말들 하나하나로 구성된다. 따라서 시어(詩語)를 분석하면 작가의 당시 감정과 사유의 내면을 짐작할 수 있다. 그런 면모는 그의 제1부 시들의 시제(詩題)와 시어를 살펴보면 확연히 드러난다. '길에서 쉬고 싶어도 쉴 수 없는 나그네처럼 혹은 물살에 떠밀려 이리저리 떠다녀야하는 부유물 같은 고단한 인생'이었다. 그런 고단함은 그의 시어 전반을 이리저리 휘젓고 다닌다. 살펴보자.

　'오함마, 후렌지, 용접, 배관, 공장, 착취, 해방 조국, 땀 냄새, 철야, 조출, 작업복, 근로기준법, 탱크, 아시바, 고공철탑, 잔업시간, 본드 냄새, 양화공, 공사판 노가대, 양복쟁이, 숙련, 가봉, 파업, 연대투쟁, 노동해방, 비정규직, 결사항전, 귀족노동자, 규찰대, 파업가, 공권력 투입, (노조)위원장, 출두명령서, 프레스, 절단 난 손가락, 면장갑, 절단작업, 배관공, 대불공단, 연장, 출근카드, 잔업 도장, 공업사, 근로소득세, 재형저축, 국민연금, 서노협, 투계(鬪鷄), 가리봉 오거리, 닭장 집, 닭장차, 어린 여공, 기습시위…'

　땀에 절은 작업복을 입고 고공철탑에 올라가 사투를 벌이는 용접공, 한 푼이라도 더 벌려고 잔업을 해가면서 날밤을 엇갈아 살던 공사판 노가다, 그나마 투쟁하지 않고서는 제 몫을 찾아먹을 수 없어 파업가를 입에 달고 살아야했던 그 시절이었다. 적은 늘 우리 안에 있다고, 노동자의 적은 악덕업주가 아니라 귀족노동자들이기 십상이어서 노동해방은 꿈처럼 요원했지만, 그래도 연대투쟁은 그들을 지켜주는 든든한 버팀목이었

다. 그런 중에도 제일 맘 아픈 것은 아들의 절단 난 손가락을 부여잡고
우는 나이 많은 모친의 눈물. 그러나 그 열아홉 청년은 손가락 자른 서
울이 그립다며 소주에 취해 울먹여야 했다.

어매가 뭐라고 해요. 시커멓게 죽은 손가락보고 엄청 울며 뭐라고 하
는데 엥그리고 보는 들판엔 질경이 나생개 질펀하고요. 꼬막잡이 배 펄
밭 뒤집는 바다 위로 갈매기 너울대고 참꽃 허벌 난 백운산 넘어 서울
길 봉께로 눈물 나는 디요. 이장 어른이 군대 가지 않아서 좋것다고 상
심한 어매를 어르고 마을 가시내들 산 몬당에 몰려가 봄바람 결에 재잘
거리는디 빙신 되가꼬 왔다고 자꾸 뭐라고 해요. 둠벙에 빠진 봄 달은
개구리 합창소리가 시끄럽다고 귀를 막는데 가슴 파고드는 봄바람이 도
회지 불빛 그립다고 자꾸 꼬들겨요.
- '열아홉 청년' 중에서

1부를 상징하는 작품 '손에 대하여'를 나는 꼽고 싶다. 넥타이도 맬 줄
모르는 못난 손, 식구들에게 돼지고기 한 근도 못 사다주는 가난한 손,
하얀 손에 주눅 들어 쩔쩔매는 겁쟁이 손, 때에 절고 기름투성이의 우악
스런 손, 그래서 아무 쓸모없는 손… 그런가 하면 거칠고 황량한 들판에
철골을 세우고 굴뚝을 붙박고 파이프를 용접하고 배관하고 그리하여 기
골 장대하게 우뚝 선 저 공장을 세우는 손, 그러나 빈손, 바로 우리의
손… 그래서다. 손은 계급이고 무기란다. 평등의 대지를 마련할 연장이
며, 착취와 죽음의 노동을 몰아내고 해방 조국에 꽂을 깃발인 우리의 손,
자랑스런 손이란다. 그런 자랑스런 손이기에 서러운 눈물이나 훔쳐선 안
되며, 또 허공을 향해 주먹질해선 안 되리, 망치 든 건설의 주인으로 이
땅의 마지막 희망이자 이 땅의 모든 결박을 단숨에 끊어버릴 유일한 사

랑이 돼야한다는 것이다.

6.

　그의 '못난 손'은 어느 날 갑자기 그리 된 것이 아니다. 그의 손도 어릴 적, 고사리 손일 적에는 천사의 손처럼 예쁘고 사랑스러웠다. 그러나 그 손은 커가면서 볼품없고 무능한 손으로 변해갔다. 그의 찌든 삶이 손을 그리 만든 것이다. '솜이불 밖으로 모가지 내밀면 새 하얀 입김이 온 몸을 얼어붙게 하는 엄동(嚴冬)'이 오자 '가출한 어미들은 여전히 밤 봇짐을 싸고 술 취한 아비들은 또 다시 술 취해 휘청거렸고', 그해 여름 '행려병자 백천(白川) 조씨는 극빈자로 영등포시립병원 영안실에 누웠다'. 그의 아비는 그렇게 그의 곁을 떠났다.

　먹다 남은 찬밥 덩어리처럼 소쿠리에 아무렇게나 내버려진 백천 조씨의 아이들은 그 후 어찌 됐을까? '뚝방 양지에 기댄 소년들은 송곳 같은 고드름을 깨물었다. 끝내 허기지고 허기져서 칼날 같은 눈빛을 품고 문래동, 고척동, 구로공단 일대를 기웃거리다 공장 철조망을 뚫었다. 운 좋은 날은 신쭈, 구리, 고철 덩어리를 훔쳐 고물상에 팔아 자장면도 사먹고 용돈도 꼬불쳤지만 재수 나쁜 날은 공원에게 붙잡혀 시퍼렇게 두들겨 맞았다.' 그도 바로 그들 속에 더불어 있었다. 그의 손은 바로 그 때부터 험상궂은 손으로 변해갔다.

　그 '험상궂은 손'들이 갈 곳은 어디인가? '새마을 고등공민학교 중퇴

한 형은 구로공단 공돌이가 됐고, 공순이 생활 지긋지긋하다던 돈에 누나들은 차장이 됐고, 더러는 술집으로 돈 벌러 갔다. 야전전축 챙겨 들고 안양천 갈대숲으로 몰려간 동네 형들은 상하이 트위스트를 추다 소주 병나발 들이키며 깨진 병으로 팔목을 긋기도 하고 가난에 깨지지 않겠다며 패싸움을 벌이다 소년원으로 가고, 더러는 영등포 역전에서 구두닦이를 했다.' 한번 꼬이기 시작한 인생은 셀 수도 없이 뒤틀린 채 간난(艱難)의 포로로 만들었다. 게다가 불행은 홀로 오지 않는 법이라고 했던가.

실직에 이어 아내의 가출과 남겨진 빚은 그를 다시 죽음보다 더한 곤궁으로 내몰았다. 정부에서 주는 실직수당마저 끊겨 두 아들에게는 라면을 끓여 먹이며 그는 '눈물면'으로 허기를 채워야 했다. 그는 이미 '목이 잘린' 아비였다.

아비의 목이 잘리면
새끼들의 목도 잘리고
새끼들의 목마저 잘리면
다음엔 그 무엇이 잘릴까

노동의 아비가 실직의 아비로
밥의 아비가 라면의 아비로
집 없는 아비가 길거리 아비로
절망의 아비가 벼랑의 아비로

생계의 벼랑에 내몰린
아비는 어디로 가야하나
구인도 구직도 없는

실직의 시대를 걸어가는
목 없는 아비여
- '라면을 끓이며' 중에서

　극한의 궁핍은 과연 어떤 상황을 말함인가? 눈덩이처럼 불어나는 연체이자 때문에 자살이라도 하고 싶은 상황? 세끼 밥을 못 먹어 빌어먹을 상황? 집이 차압당해 비 피할 처마가 없어 지하철에 노숙하는 상황? 아니면 피골이 상접하도록 온 식구가 말라비틀어진 상황? 그의 30대~40대 초반은 마치 그런 형국의 '종합선물세트'와 비슷하다. 돈 문제로 분란이 난 가정은 이미 꺼꾸러졌고, 가난의 귀신은 마을 앞 개울가에 앉아서 곧 잡아가겠노라고 엄포를 놓고 있다. '이 지상의 집 한 칸/지고 갈 수도 없는 집 한 칸이 없어/ 잠든 자식 머리맡에서 시로 우는 아비여' ('이 지상의 집 한 칸' 중에서). 그 시절 그는 꼭 그런 아비였다.

　가난은 죄고, 가난한 자는 죄인이 되는 세상이다. 가난은 가난한 자의 마음을 묶고, 자신감을 묶어버린다. 가난한 자들이 수감된 감옥은 이 도시 곳곳에 즐비하다. '고시원'이 바로 그런 것이다. 원래는 사법고시, 행정고시 고시공부 하는 사람들이 이용하던 독서실이 어찌 요상하게 변하여 이리 된 것인데, 요즘은 고시원 하면 화재사고가 먼저 떠오른다. 진짜 죄인이 갇혀있는 교도소는 차라리 안전장치라도 돼 있지, 고시원에 불나면 십중팔구는 '전원 몰살'이다. 고시원은 이승의 지옥이나 마찬가지다. 그도 그런 고시원 출신이다.

1.5평, 중죄 짓지 않았는데
쭉 뻗고 잘 수 없는 독방이다.

웅크린 채 쪼그리고 잠드는데
망망대해 표류하는 것 같다.
- '고시원' 중에서

　가난한 그는 내리는 섬진강에서 이런 염원을 토로했다.

　연탄도 석유도 가스도 끊긴 가난한 살림에 온기를 불어넣는 장작불이
됐으면, 집 나간 아비어미를 그리다 잠든 아이의 품안이 됐으면, 공공근
로도 끊기고 기초생활비 수급권에도 밀려난 가난한 식구의 고봉밥이 됐
으면, 빚쟁이 드잡이 아수라판 살림에 망연자실 헝클어진 머리카락 빗어
주는 얼레빗이 됐으면…. 고통스런 이런 것들이 햇살에 눈 녹듯이 녹아
서 흔적도 없다는 해방의 공고문이었으면 좋겠습니다.
- '눈 내린 날 섬진강 편지' 중에서

　전제하지만, 요 아래 몇 마디는 그의 얘기가 아니라 내 얘기다. 서울에
막 올라와 서대문에서 단칸방을 하나 얻어 신혼생활을 하던 때였다. 아
마 1985년 초겨울 정도이지 싶다. 겨울 문턱인데도 추적추적 겨울비가
내려 기분이 침침하던 그런 날씨였다. 회사가 서소문이어서 걸어서 늘
출퇴근했는데 그날은 늦은 퇴근길이었다. 서대문 네거리를 지나 약국 골
목을 집어들면 성냥을 지나 우리 집으로 가는 데 약국 모퉁이에서 붕어
빵 장사와 마주쳤다. 50대 후반 아주머니였다. 철사로 만든 철망에는 구
워놓은 붕어빵 서너 개가 얹혀 있었다. 아마 그걸 다 팔고 집으로 갈 요
량 같았다. 남은 것 전부 얼마예요? 물었더니 대답 대신 그 아주머니는
나를 물끄러미 쳐다보았다. 그리고는 철망 아래에서 식은 붕어빵 서너
개를 꺼내 철망 위의 붕어빵과 같이 건네주면서 모두 천원만 달라고 했

다. 나는 그 아주머니를 생각해서 붕어빵을 샀는데 그 아주머니는 아마 내가 그걸로 저녁식사를 때우려고 산 것으로 생각한 모양이다. 그 아주머니도 나도 사는 건 매 한 가지였던 것 같다.

세상에 상처 없는 영혼이 없을까마는 문제는 그 상처를 보듬는 방식이다. 그는 상처를 자신의 모습으로 체화(體化), 혹은 동화(同化)시켜 감내하는 식이다. 마치 암환자가 암세포조차 사랑하는 방식이랄까. 그래서 그가 보듬는 상처는 꼭 아픔만은 아니다. 그러나 그런 그의 모습은 눈물겹다. 아니 눈물 난다. 상처 난 것들에서 '향기'를 찾으려고 하니 말이다. 그의 제2부를 상징하는 작품으로 '상처 난 것들의 향기'를 꼽고 싶다.

빛나고 반듯한 것들은
모두 팔려가고
상처 난 것들만 남아 뒹구는
파장 난 시장 귀퉁이 과일 좌판
못다 판 것들 한 움큼 쌓아놓고
짓물러진 과일처럼 웅크린 노점상
잔업에 지쳐 늦은 밤차 타고 귀가하다
추위에 지친 늙은 노점상을 만났네.
상한 것들이 상한 것들을 만나면
정겹기도 하고 속이 상하는 것
"아저씨 이거 얼마예요!"
"떨이로 몽땅 가져가시오!"
떨이로 한아름 싸준 과일들
남 같지 않은 것들 안고 돌아와

짓물러져 상한 몸 도려내니
과즙 흘리며 흩뿌리는 진한 향기
꼭 내 같아서 식구들 같아서
한 입 베어 물다 울컥거렸네.
- '상처 난 것들의 향기' 전문

7.

　그는 1960년 서울 영등포에서 태어났다. '38따라지' 피난민 아버지
밑에서 보낸 그의 어린 시절은 서울의 풍요로움보다는 도시빈민의 궁벽
함으로 가득 채워진 그런 시간의 연속이었다. 가출한 어머니가 자리 잡
은 전라남도 여수. 여수는 그의 선한 성정(性情)을 배태시키고, 또 그를
어른으로 성장시키기도 했다. 그러나 달콤함보다는 고통의 시간이 켜켜
이 축적된 곳이기도 하다. 그가 처음 시를 만나고 시와 함께 울부짖은
곳도 바로 여수다. 문학을 한다며 무전취식을 하기도 하고, 시를 핑계 삼
아 자신을 학대하기도 했던 곳이 바로 여수다. 가정사의 고달픔을 호소
할 길은 오직 시(詩) 뿐이었고, 그런 삶을 이야기하려고 시작한 것이 시
가 되었다. 그 무렵 그의 시는 어설프고도 초라하기 짝이 없었다. 그의
실토를 보자.

목숨보다 더 뜨거울 것처럼 길길이 뛰다
비루먹은 개처럼 꽁무니 빼는 詩
원숭이 똥구멍보다 더 새빨간 거짓말 詩

비겁과 거짓으로 뻔뻔해진 詩
도마에 올려 진 동태 대가리 날리듯
한 칼로 쳐 날려 끊지 못하네.
저자바닥에 다라니 양은그릇
손톱 갈라진 돌산 할매 꼬막 바지락 까듯
갈치 몸뚱이 토막 내는 동산동 어멈처럼
아침 해장술에 불콰해진 장바닥 술꾼처럼
서른여덟의 좌판에 놓인 시를 까발려 보고
토막도 내어보고 헝클어도 봤지만
어, 어, 없네 삶도 목숨도 없네
머리 숲 젖가슴까지 비린내에 절어버린
흥정 끝에 이년 저년 머리칼 잡고 뒹구는
그네들의 밥과 눈물과 술이 없고
잔재주에 어설픈 객기만 나뒹구네.
장바닥 어슬렁거리며 자릿세 뜯는 건달처럼
그네들의 삶을 이리 저리 뜯어 부쳐서
슬픔의 분을 바르고 거짓 눈물을 흘렸구나.
만선은커녕 흉어기로 텅 비어버린
개 한 마리 얼씬거리지 않던
서른여덟의 파시된 항구여.
– ‘서른여덟의 시’ 전문

　여수! 하면 오동도가 떠오르고, 오동도! 하면 동백꽃이 떠오른다. 남녘
의 봄바람이 불제면 오동도는 선홍빛 동백으로 불이 붙는다. 온 산과 해
안가 동백들이 붉은 꽃봉오리를 틔울 때면 시인의 가슴에도 불이 붙는

다. 더러는 순정의 넋으로, 더러는 투쟁의 붉은 깃발로. 그래서 오동도의
봄소식은 헤일 수 없이 수많은 밤을 아픔에 겨워 밤새워 운 동백아가씨
의 멍든 가슴에 남은 그런 상흔(傷痕)처럼 서럽고도 아픈 것이다. 그랬기
에 비겁한 시인은 그에게서 부끄러움의 대상이 되고 만다. '비루한 시대
의 뒷골목에서/숨어, 시를 쓰는 시인들아/모여, 술이나 치는 시인들아//
창송녹죽(靑松綠竹)/가슴에 꽂히는/시인의 노래가 그립다'('시인은 비겁
하다' 중에서)

　여수와 순천은 '여순사건'의 본고장이다. 1948년 10월 19일 전라남도
여수에 주둔하고 있던 국방경비대 제14연대 소속의 일부 좌익성향의 군
인들이 주동이 돼 일으킨 '여순사건'은 마치 봄날 동백꽃처럼 활활 타올
라 여수 일대를 삼켰다. 그 '반란'은 결국 국군에 의해 진압됐지만, 해마
다 일으키는 '동백의 반란'은 한도 끝도 없다. 그는 이 둘을 투영, 교접
시켜 시로 승화해 내고 있다.

　봄이 되면 그는 좀이 쑤셨다. 그래서 어디론가 쏘다녀야만 직성이 풀
렸다. 도처에서 꽃들의 '반란'이 시작됐고, 화사한 꽃잎들은 그를 튀어
나오라고 '선전선동' 하였기 때문이었다. 그런 봄은 늘 바람을 '궐기시
켜' 오곤 했는데, 그런 가운데서도 '남녘'이 늘 선동적이었다. 그러나 그
는 그런 꽃이 피는 것이 '반역'이라면, 남녘 산천 전체가 꽃으로 함락된
다고 해도 맞이할 각오할 준비가 돼 있었던 것이다. '꽃의 반란'이 시작
되는 봄이 되면 그는 늘 순천 낙안면 금둔사 홍매화를 찾아, 여수 오동
도 동백을 찾아 쏘다녀야 했다.

　그런 '여수'와도 작별을 고해야 했다. 울며 헤어진 여수항은 아련한 발

라드보다는 슬픈 블루스가 더 어울렸던 모양이다. 비록 떠나지만 붉다 못
해 서러움이 뒤범벅이 된 그 동백이 피는 봄이 오면 다시 오기로 하고.

꽃의 화사는커녕
새의 노래는커녕
칼침에 기습당한 사내.
날지 않으리, 날개도 없으니
울지 않으리, 눈물도 없으니
새끼 둘 데리고 파산의 짐 꾸려
흉흉한 항구에서 잠적했던 사내
상한 목청으로 훠이훠이 노래 부르네.
아련한 눈물도 흘리지 마라 갈매기야
피눈물 철썩이지 마라 흉어기의 항구야
칼침 아문 자리에 피어난 핏빛 동백꽃아
속울음 삼키며 떠나는 시발역 여수야
꽂힌 칼 삭혀서 꽃으로 피어서 다시 오마
꽃핀 시 곱게 추려서 시 꽂으러 다시 가마
– ‘여수블루스’ 전문

8.

　그의 일상은 간구(懇求)의 기도로 시작해 감사의 기도로 막을 내린다.
가난을 견디어낸 것도 기도의 힘이었고, 사랑을 잃고 방황할 때도 그를

건진 건 기도의 손길이었다. 기도는 죄(罪)를 자각할 때 두 손이 모여지는 법이다. 아멘!은 그 마침표이다.

죄 가운데 가장 큰 죄는 무엇일까? 기독교인의 경우 주일을 잘 지키지 않거나 십일조를 잘 내지 않은 것을 들기도 한다. 그러나 그의 목사님은 그게 아니란다. 피눈물 흘리는 이웃을 보고도 눈 깜짝하지 않고 밥 잘 먹는 무정(無情)한 죄가 가장 큰 죄라고 했단다. 목사님의 그 말씀을 듣고 그는 무조건 아멘! 했단다. 언제부턴가 그는 새벽기도를 이어가고 있다. '눈물의 기도도 없이/마른 가슴만 치다/돌아온 이 새벽/거기서 우는/그대는 누구입니까?' ('새벽 신서(信書) 1' 중에서)

현재 그는 중국동포 등 이주노동자 돕는 일을 하고 있다. 〈오마이뉴스〉 기자 시절 김해성 목사와의 인연에서 비롯한 것으로 안다. 가리봉동 일대에서 '코리안드림'을 안고 찾아온 재중동포와 '흑진주' 스리랑카, 방글라데시 이주노동자들과 함께 뒤엉켜 살고 있다. 이러저런 억울한 일로 이국 땅에서 숨을 거둔 그들의 주검을 봐 왔고, 그들을 화장하기 위해 벽제 화장장에도 다녀왔다. 그 중에서도 기억나는 사람이 하나 있다. '재중동포 장씨'. 1년이 넘도록 호스로 목숨을 연명하던 그가 꽃피고 눈 내리던 춘삼월 봄에 마침내 저승으로 갔다. 병수발 들던 칠순 누모아 마흔 살 이니는 그의 죽음 덕분에 겨우 목숨을 건졌다. 그래서 그는 두 손 모아 '감사 기도'를 올렸다. 죽는 사람은 죽더라도 산 사람은 살아야 한다며.

장씨 뿐만이 아니다. 역시 같은 재중동포 한재준 할아버지도 잊을 수 없다. 한씨 노인은 일제 때 남부여대해서 만주로 건너간 조선동포의 후예였다. 그런 그가 한몫 쥐기 위해 잘사는 조국을 찾아왔건만 기다리는

건 '돈은 사상보다 조국보다 혈연보다 살벌했다'. 그가 중풍이 들자 그
의 아들은 핸드폰 번호까지 바꿔가며 유기했고, 한씨 노인은 그해 칠월
칠석 시립병원에서 숨졌고, 무연고 시신이 한씨 노인은 서울장례식장 냉
동고에서 414일간 누웠다가 벽제 화장터에서 한 줌 재로 이승을 떴다.

가난뱅이 나사렛 예수는
나그네 심정을 잘 안다.
조선족 처지도 잘 안다.
유랑생활을 해봤기 때문이다.
식민지 설움을 겪어봤기 때문이다.
그래서 나그네를 극진히 대접하라고 신신당부했건만
산재로 죽고, 얼어 죽고, 맞아죽는 나그네 부지기수다.

재미동포 유럽동포 부자나라 동포는
언놈 하나 시비 없이 안방 드나들 듯 하는데
조선족 동포는 밀입국에 위장결혼에 문서위조에
강제추방에 추락사에 멸시천대 나그네 설움이다.
– '불법체류자를 위하여' 중에서

　분노가 치민다. 악다구니가 절로 솟구친다. 대체 '구원자'라는 예수는
있기나 한 것인가? 그런 절망의 순간에도 그가 할 수 있는 건 단지 기도
뿐이다. 그게 현실인 것이다. 그래서 그는 예수를 믿으면서도 상품가치로
전락한 예수는 믿지 않는다. 오히려 분노한다. 그의 블로그에는 '사랑의
예수, 분노의 예수'라는 카테고리가 하나 있다. 아직 관련 글들이 그리
많지는 않지만 그의 '시선' 하나를 엿보게 하는 대목이라고 할 수 있다.

제일 먼저 올린 글은 지난 1999년 '한국기독교목회자협의회 상임회장 옥한흠 목사 외 회원목회자 일동' 명의로 발표한, '하나님과 국민 앞에 우리 자신을 고발합니다' 라는 글이다. 국군의 날이나 광복절 같은 날 한 손엔 태극기, 한 손엔 성조기 들고 서울시청 앞 광장에 모이는 '예수쟁이' 들과 이들은 다른 사람들인 모양이다. 그리고 그 역시 그런 '예수쟁이' 들과는 분명 다른 족속이다.

9.

그가 희망의 빛을 캐낸 곳은 그런 '예수쟁이' 들이 믿는다고 하는 예수의 품에서였다. 비(非)신자인 내가 보기엔, 적어도 아무런 응답도 없는, 그래서 별로 은혜롭지도 않은 그런 예수가 그를 새 삶의 터전으로 인도했다. 10년 넘게 홀아비로 지내던 그에게 '그보다 훨씬 나은' 아내를 짝 지어 주었고, 아들만 둘인 그에게 딸까지 안겨주었다. 그러나 그저 얻은 건 아닌 것 같다. 이 역시 그가 간구(懇求)한 결과였음이 분명하다. 그의 제5부 사랑의 시는 인생의 절반을 가난과 고통의 늪에서 허우적대던 삶을 떨치고 환희와 열락(悅樂)의 새 세계를 찾아가는, 그리고 일부 이미 찾은, 현재의 그를 담고 있다. 한 마디로 축복이다.

아이들 생모와 이혼 당한 그는 2005년 여수 생활을 청산하고 서울로 올라왔는데 그 때 그는 그야말로 빈털터리였다. 그 시절 그의 모습은 갓난아기를 집에 두고 일나온 엄마 같았다. 당시 초등학교에 다니던 막내가 그리도 눈에 밟혔던 모양이다. 사무실에서도 집으로 전화를 하고 휴

일근무땐 아이를 회사로 데리고 나오기도 했다. 그는 두 아들을 최선을 다해 건사했다. 축복은 거기서부터 출발했다고 봐도 틀리지 않는다. 하늘은 스스로 돕는 자를 돕는다고 했던가.

되돌아보면 아득하면서도 한편으로 뚜렷한, 그러나 기억하고 싶지도 않은 혹독한 시절이 그에게 분명 있었다. 모친은 그를 낳지 않으려고 '위장이 뒤집혀 천정이 뱅뱅 돌도록 금계랍(5, 60년대 유산제로 사용) 수십 알을 먹었지만' 그는 질긴 목숨을 받아 태어났고, 그 모친은 노점상을 하던 아버지를 두고 가출하였다. 그와 사이에 두 아들을 낳아 오순도순 살던 그의 아내는 외간 사내와 눈이 맞아 집을 나가고 말았다. '어미로 끝나지 않고, 아내였던 여자에게마저 버림받은 폐허의 자리에서' 다신, 여자의 옷이 내 집에 걸리지 않으리라고 저주처럼 그는 다짐했다. 다신 여자를 사랑하지 않으리라! 슬피 울며 이를 갈았는데, 폐허의 잿더미에서 꽃이 피듯 다시 그에게 사랑이 찾아왔다.

그가 아내를 처음 만난 곳은 2005년 여름 외국인노동자 인권/선교단체에서였다. 그의 아내는 오래 전부터 이곳을 후원해오고 있었다. 두 사람은 이곳에서 발행하는 소식지의 편집 자원봉사를 하다가 자연스럽게 만나게 됐고, 또 서로가 홀몸이라는 것도 알게 됐다. 그는 문득 가슴 속 깊은 어디에선가 '나도 아내가 있었으면 좋겠다'는 감정이 뭉글거리고 있다는 것을 직감했다. 그러나 그것만으로 무작정 부비고 덤벼들 수는 없는 상황이었다. 그보다 네 살 연상인 여성은 일과 공부, 신앙생활에 이미 익숙해 있었다. 결국 그 여성은 예고없이 나타난 새 인연을 놓고 괴로워했다. 주변의 반대도 있었고, 여건이 그리 좋은 것도 아니었다.

나의

상처로 인해

그대 아프지

않았으면

좋겠습니다.

– '쓰다만 시' 전문

　그렇게 새 사랑을 품은 여성에게 '사랑의 새순'이 돋게 하려면 뭔가 특별한 계기가 필요했다. 이 때 특효약으로 쓰인 것이 바로 기도와 시(詩)였다. 그는 40일 작정 새벽기도, 금식기도에 돌입했다. 그리고는 사랑을 얻게 해달라고 간절한 기도를 올렸다. 동시에 거의 날마다 편지와 시를 써서 보냈다. 하나님께서 '두려워 말라, 내가 너의 배필을 준비했다'고 약속해 주었다고 한다. 그리고 이듬해 2006년 여름 두 사람은 교회에서 결혼식을 올렸다. 나도 초대받아 참석했었다. 그는 두 사람의 결혼을 두고 '객관적인 열세에도 불구하고 역전승을 거두는 짜릿한 경기'라고 자찬한 바 있다. 틀린 말은 아니다. 정확히 말하자면 그 자신이 잘해서 이겼다기보다는 그의 아내가 져줘서 이겼다고 보는 것이 더 옳을 것이다.

　지난 1월 5일은 그의 마흔 아홉 번째 생일이었다. 그가 생일상을 받아본 게 그게 언제 적이었던가? 홀아비로 살던 10년 세월엔 언감생심이었다. 그날 아내는 열일을 제쳐두고 일찍 귀가하여 생일상을 준비하였다. 남편의 생일상을 차려본 것은 참 오랜만의 일이었다. 그 역시 딸 하나 데리고 홀로 살아왔기 때문이다. 아내가 만든 잡채는 정성은 들였지만 짰고, 반면 쇠고기 미역국은 싱거웠다고 한다. 그러나 그는 모두 맛있게

먹었다. 아내가 만들어준 음식은 모두 맛있게 먹을 준비가 돼 있기 때문
이다. 오랫동안 살림을 하지 않은 아내가 음식솜씨가 시원찮은 건 당연
하다는 거다. 그래서 '간이 짜게 됐거들랑 밥을 듬뿍 먹으면 되고, 간이
싱겁게 됐으면 짠 반찬을 얹어 먹으면 될 일'이란다. 음식을 어디 맛으
로만 먹느냐고 되묻는다. 더 이상 따져 물을 말이 없다. 그는 행복한 가
정생활을 두고 '맹인이 눈 뜨고, 앉은뱅이가 뛰는 것보다 더 큰 기적'이
라고 했다. 그의 감사가 이어진 재혼일기의 한 부분을 보자.

"상처, 그리고 증오는 자학과 자해의 아비입니다. 절망은 더디게 오는
희망보다 더 먼저 역습하곤 합니다. 불행은 대물림 속성이 있습니다. 웃
음소리 새오나오는 불빛 환한 이웃집 창가에서 서성거리다 불 꺼진 집으
로 돌아가야 했던 유년의 어둔 기억을 자식마저 대물림할까봐 두려웠습
니다. 저주의 대물림을 끊어준 아내, 바람 앞에 촛불처럼 위태하던 인생
에 바람막이가 되어준 아내는 은인입니다… 선물 중에 가장 값진 선물은
'사랑하는 가족'입니다. 사랑하는 가족을 주셔서 감사합니다."

그는 고백한다. "떠넘겨진 부채와 배신으로 인해 분노와 증오를 마음
에 품고, 날선 칼을 쥔 듯이 깨진 유리조각을 품은 듯이 살벌한 마음으
로 살아왔습니다. 불혹이 되도록 세상과의 불화를 해소하지 못했는데 당
신으로 인해 적의감은 햇볕에 눈 녹듯 사라지고 있습니다… 현관 앞에는
여러 켤레의 신발이 놓여 있고, 빨랫감은 자주 쌓여서 세탁기는 부지런
히 돌고, 먹성 좋은 아이들은 따뜻한 밥상에서 고봉밥을 먹고는 평안한
휴식을 취합니다… 아이들은 밥을 먹는 것이 아니라 사랑과 정을 먹습니
다. 잠을 자는 게 아니라 평온의 안식을 취합니다."

그가 영위하고 있는 현재의 삶은 객관적으로 봐 그리 대단한 것은 아니다. 주변에 돌아보면 누구나 다 그렇게 살고 있다. 아내가 있고, 아이가 있고, 세 끼 밥이 있고, 휴식을 취할 집도 있다. 그런데 이런 평범한 것이 왜 그에게는 그토록 귀하고 축복으로 여겨질까? 그건 '상실' 해본 자만이 절감할 수 있는 것이다. 한 달짜리 깁스라도 한번 해보지 않은 사람은 목발 짚는 사람의 힘듦을 알기는 쉽지 않다.

그가 시집을 내기로 작정한 것은 '지난 고통의 시대와의 결별' 때문이라고 한다. 그리고 이 시집을 새 출발의 의미로 주변에 선물하고 싶단다. 이 시집이 그의 기억 저편의 한 시대를 마감하고 새 출발을 알리는 신호탄이 됐으면 좋겠다. 그와 그의 가정에 신의 가호와 축복을 빈다. 그의 진실과 혼신이 담긴 작품 '청혼' 전문을 소개하며 대미를 장식하고 싶다.

홀로였던 내가
홀로였던 그대
쓸쓸했던 신발을 벗기어
발을 씻어주고 싶습니다.
그 발아래 낮아져
아무 것도 원치 않는
시름이고 싶습니다.
그대 안온한 잠을 밝히는
등불이 되어
노래가 되어